はじまりの熱を憶えてる

きたざわ尋子

幻冬舎ルチル文庫

CONTENTS ✦目次✦

はじまりの熱を憶えてる

✦カバーデザイン=久保宏夏(omochi design)
✦ブックデザイン=まるか工房

イラスト・夏珂 ✦

はじまりの熱を憶えてる

今日のニュースは一つの話題で持ちきりだ。

仲越泉流《なかごしいずる》はいささかうんざりとしつつも、テレビ画面から目を離さなかった。ものものしい警備のもと、黒塗りのリムジンが交通規制の敷かれた道を走っていく様子が映し出されている。前後はやはり黒塗りの車が走り、警察車両も大量投入されているため、かなり長い行列だ。

ライブ映像という文字が画面の右上に固定された画面は、上空のヘリと沿道からの映像がせわしなく切り替わっていた。

「うるせーなぁ……」

アナウンサーなのかリポーターなのかは不明だが、現場に出ている者たちは先ほどから声を張り上げて、車が通過しただの車内の様子はわからないだの、見ればわかるようなことを飽きもせずに繰り返している。はっきり言って無駄だと泉流は思うのだが、これはこういうものなのだろうと納得もしていた。

ニュースの主役となっているのは、超大国の大統領だ。強いリーダーシップと政治手腕で国内では絶大な支持を誇り、世界にも強い影響力を持っている彼は、今回病気治療のために来訪した。数ヵ月前から重病説が流れていたのだが、実際に生命に関《かか》わるほど病状は進んでいたらしい。

専用機が空港へ着いたときも中継があったし、数日前からことあるごとに話題にはなっていたが、日本である治療を受けるという話が持ち上がったときの騒ぎも相当だった。

ついにあの大国が、日本の特殊な治療方法を受け入れたのだと。

「超能力とか、真剣に研究してた国だし……別に不思議じゃないのかも」

あるいは万策尽きて、縋《すが》らずにいられなかったのか。とにかく大国の長が得体の知れない治療を選択した意味と衝撃は大きかった。

その騒ぎが収まらないうちに今日という日を迎えたというのは、情報を規制されていたせいもあるだろうが、異例のスピード決定だったという点も大きい。

ヘリコプターの音が近づいてきて、いよいよ一行が近づいてきたのがわかる。泉流は窓を閉め忘れていたことを思い出し、すぐに二重の窓ガラスを閉めてブラインドを下ろした。ここから見えるわけではないが、なんとなくだ。

『ルキン大統領を乗せたリムジンは、間もなく再生治療研究センターに入っていこうとしています！』

ヘリコプター内からの中継のせいか声が必要以上に大きく、泉流はわずかに顔をしかめた。そろそろ頭が痛くなってきそうだ。

警備員が常駐しているゲートの手前で警察車両は一部列から離れ、隊列は半分近くにまで減った。それでもすでに内部にはしかるべき警護の者たちが控えているので、ものものしさは変わらなかった。

もういいかと、うるさいテレビを黙らせた。黒くなった画面は、自分の姿をはっきりと映し出す。鏡ほど鮮明ではないが、充分に顔かたちはわかった。

「相変わらずガキっぽい……」

童顔なのは仕方ないとしても、十八歳になったのだからもう少し大人びてもいいのに、と思う。

亡き母によく似た顔を見るたびに、泉流は溜《た》め息《いき》をつきたくなる。

泉流が十四のときに亡くなった彼女は、美人というよりは可愛《かわい》らしい人で、泉流と同じく実年齢よりも若く見られていた。大きな目が印象的な甘さの際だった顔立ちは、亡くなってさえもきれいで、まるで眠っているかのように見えた。童話のなかのお姫様のように、もしかしたら目覚めるんじゃないかと馬鹿なことを考えたほどに。

泉流は彼女に比べたら少しばかりきつい印象があるだろうが、柔らかな栗色の髪も同じで、子供の頃はよく女の子に間違われたものだった。いまはそんなこともないはずだが、男っぽさからほど遠いことは否定のしようもない。

（セクハラ多いのって、やっぱこの顔のせいだよな）

泉流にとって不自由なことのほうが多い顔だが、母親から受け継いだものを否定する気もない。泉流は彼女が大好きだった。幼稚園に入りたての頃は、大人になったら母親と結婚するのだと言っていたくらいだ。もちろん記憶にはなく、小学校の高学年の頃に、母親から笑えるエピソードとして聞いたことだったが。

（なんでそんな話になったんだっけ……）

記憶の糸を手繰《たぐ》り寄せ、泉流は「あー」と苦笑をこぼした。手繰り寄せた先には、恥ずかしい思い出があった。

ちょうどその頃、泉流は恋をしていたのだ。初恋が母親だとするならば、それは二度目の恋だった。いや、母親はカウントしないだろうから、間違いなく初恋だ。

相手はかなり年上の同性だった。法の改正も進んだ現在では、同性愛を非難する人もまれだし、非難の言葉を間違えれば差別主義者というレッテルを貼られるくらいに容認されている。だから母親は、一人息子の恋をにこにこしながら見守っていた。実るはずがないことを確信していたせいもあったのだろう。

なにしろ泉流は、恋した相手の名前も年も、住んでいる場所もなにをしている人かも知らなかったのだ。会ったのもたった一度だけだった。友達の家へ遊びに行った帰り、変な中年男に付きまとわれて半泣きになっていたとき、助けてくれたのがその人だった。

人通りの多い場所まで送ってくれたその人は、すぐに立ち去ってしまってそれきり会っていないが、泉流のなかに強烈な印象を残していった。助けられて好きになってしまうなんて単純な話だが、所詮《しょせん》は小学生の恋だ。些細《ささい》なきっかけで火が付き、簡単に盛り上がったとしても仕方ないだろう。

（俺ってマザコンだと思ってたけど、ファザコンの気《け》もあるのかな……）

いまにして思えばあれは父性を求めていたのではないかと、泉流は考えている。あの青年の親しみやすい笑顔だとか、大きな手だとかに、甘えたくなったのかもしれない。

結局のところ、あの青年には二度と会わなかったし、時間の経過とともに泉流のなかでも過去のことになっていった。だがあのときに、同性との恋愛観の土壌ができたことは間違いないだろう。

「なんか、懐かしいこと思い出したな……」

呟《つぶや》きは思っていたよりも大きく室内に響いた。それだけ静かで、息づかいさえも聞こえる場所だということだ。外の音はまったく聞こえてこなかった。

泉流がいるのは、住居棟と呼ばれる建物にある自室だ。だから大統領が入る治療棟近辺とは比べものにならないほど静かなのだが、ここにいてさえ常ならぬ気配はひしひしと感じられた。いまこのセンターは、どこへ行ってもこんな雰囲気で、どこか浮き足立っている。そして普段からは考えられないほどに人が多く入り込んでいるのだ。警護の者はもちろん、かの国の関係者も相当数いるようだし、一部メディアもある程度の場所までは立ち入りを許されているからだ。

本当はメディアを締め出したかったのだろうが、このセンターはあまりにも情報公開が少ないと非難を浴びているので、仕方なく人数を制限して各国メディアを入れたらしい。非難の声は国内外から——特に諸外国から寄せられているので、センターというよりも国として無視はできなかったようだ。

「明日は出番か……」

そのために泉流は温存されてきた。ここ一週間以上なにもさせてもらえず、ただひたすらに部屋でおとなしくしていたのだ。これだけ注目されているのだし、相手は超が付くほどの重要人物なのだから、万全を期すのは当然のことだと理解はしている。かの人物が特別な地位にいるのは事実だが、今回はそれを考慮しても特別すぎる措置を取っているように思えて仕方ない。

すべての国民に平等に治療の機会を与える——。それが掲げた理念である以上、外国人であるルキン大統領を最優先している現状には疑問を抱《いだ》かざるを得ない。だが仕方ないこともわかっていた。彼にもしものことがあったら、その影響は彼の国だけにとどまらないのだから、これは特例中の特例なのだ。

難しいことを延々と考えていても仕方ない。泉流にできることは、明日の治療を担当する者たち——ヒーラーたちのフォローに努めることだけだ。

ヒーラーとは、ただ相手に触れるだけで病気やケガを治す能力者のことだ。傷ついたり機能を失った組織を再生させ、病巣を消し去るということだが、力そのものの解析はまったくできていない。それでも結果は常に芳《かんば》しく、治療希望者が殺到し、列をなしている状態だ。

力を注ぐ時間はさほどかからず、大抵は一度ですんでしまう。治療された者はその後安静にしているだけで、それぞれの病状に沿った時間をかけて身体《からだ》を健康な状態に戻すことができる。完治までのあいだはかなりの疲労感が伴ったり、長い睡眠を必要とすることもあるが、従来の医療と比べて身体的な負担がきわめて少ないことは間違いない。なにしろ麻酔も薬も必要としないのだから。

「大統領は一週間くらいだっけ……」

つまりこれから一週間は、張り詰めたような緊張状態が続きかねないということだ。明日の治療が終われば山場を越えたことにはなるだろうが、無事にここを出て行くまではやはり普段通りというわけにはいかないだろう。

泉流はふうと小さく息をつき、ソファにごろりと横たわった。

高い天井を見上げて、明日のことをいろいろと考えてみる。明日の治療は特別だが、泉流のやることとは普段とまったく変わらないだろうし、直接ルキン大統領に会うこともないだろう。だから緊張するということも、浮き足立つということもなかった。

「そういえば、今回って誰がやるんだろ」

泉流はヒーラーの人選についてまったく聞いていなかった。決まっていないのか、教えてくれないだけなのか、どちらもありえそうで判断が付かない。

ヒーラーという名称の再生治療能力者は、このセンターだけで六十八名いるし、国に登録されていて全国に配置されている者を含めると三百名ほどいる。うち明日の治療のメインとなり得るのは数名しかおらず、使える状態の者はさらに少ない。彼らの能力は個人差があり、高い者がいれば低い者もいる。ランクが最も高いヒーラーたちならば一人でもルキン大統領の治癒には充分だが、おそらくはもう何人か補助が付くことだろう。念には念を、ということだ。

なにしろ失敗は許されないのだ。人の生命や人生に関わるのだから常にそうだが、今回は注目度が違う。逆に成功すれば、ヒーラーの存在と能力を、あらためて世界中に知らしめることができるからだ。

ヒーラーについては、いまだに懐疑的な者も多いと聞く。そういった声も、超大国の大統領の完治で払拭《ふっしょく》できる可能性が高いだろう。かの人物が、わざわざ他国の宣伝をする理由はないから、信憑性《しんぴょうせい》が増すというものだ。

ぼんやりと考えごとをしていると、来客を告げるインターフォンが鳴った。モニターを確認し、無意識のうちに硬くなっていた表情を和らげた。

手元のリモコンでロックを解除すると、ガチリという音がした。それからすぐにドアが開き、モニターに映っていた人間が入室した。

泉流にとって、もっとも近しい人物——穂邑律《ほむらりつ》だ。

「少しいいですか？　明日のことです」

「あ、うん」

身体を起こした泉流がスペースを空けたにもかかわらず、穂邑は食事用のテーブルに近づくと、そこの椅子《いす》を引いて座った。

今日はことさら慎重になっているようだ。迂闊《うかつ》に近づいて、万が一にでも触れてしまったら……と考えたのだろう。あるいは充分に距離を取るよう、上から申しつけられているのかもしれない。

美貌《びぼう》という言葉がふさわしいそのきれいな顔は、豊かな表情を浮かべることはあまりなく、まるで精巧にできた人形のようだった。泉流よりも背は高いものの、身体の細さ自体はそう変わらないだろう。長い黒髪は艶《つや》やかで美しく、今日は無造作に後ろで一つに縛るスタイルだ。これは出会った六年前から変わっていない。願をかけているのだとも言われているし、単に面倒だからだろうとも言われているが、当の本人はいずれも肯定していない。泉流も尋ねたことはなかった。

ただ繊細そうに見えて、案外おおざっぱなところがあるのは確かだ。生真面目《きまじめ》な性格は、見た目通りなのだが。

「明日は事前準備を十時に開始する予定なので、迎えは九時に来ます。ですが、これは大統領の体調次第で変更される可能性があると思ってください。メインは須田《すだ》さんです。三國《みくに》さんとわたしが補助に入ります」

高くも低くもない硬質な声が、事務的に予定を告げる。他人行儀にも聞こえる口調は、出会った頃から現在まで一貫して変わらない。突き放した言い方ではなく、ただ丁寧な印象なのだが、穂邑は誰に対してもこうだ。たとえ八つも年下の泉流に対してでさえ。

癖だからと言われているが、特別な関係だと思っている泉流にしてみれば、少しばかり不満なことだった。口に出して言わないのは、そうすれば穂邑を困らせるだけだとわかっているからだ。

「わかった」

泉流が小さくうなずくと、確認は終わってしまった。時間に関しては予想通りだったが、穂邑が補助というのは意外だった。

彼はヒーラーだ。とはいえ能力ランクは中の上というあたりで、正直なところ今回のケースにメインで入るほど高くはない。

センターは個々の能力を数値で表している。測定する機器があるわけではないので、治療した病気やケガの重さで評価されることになり、数値はかなり細かく仕切られていた。上限は一〇〇に設定されており、九五を超えると最高レベルと言われ、センターには五人いる。明日の治療に当たる須田がそのうちの一人で、もう一人の三國は九〇くらいだったと記憶している。

穂邑は八〇に届くか届かないか……というあたりだ。数字だけ見たらそこそこ高そうに思えるが、このレベルは相当数いる。もちろん下はもっと多い。九〇を超える能力がきわめて希少なのだ。

「どうして、という顔をしていますよ」

「あ、いや……」

「つい先ほど、予定していた園村《そのむら》さんが別件に駆り出されましてね」

「ああ……」

大統領への治療予定が入っていたとはいえ、あくまで補助だったのだ。急病人かケガ人が出れば、外れても仕方がない。人命がかかっている以上は当然のことだと、泉流は納得してうなずいた。

この国で、ヒーラーが初めて確認されたのは、いまから三十数年前だった。確認される以前からいたのかもしれないが、公の存在となったのはその頃だ。

最初は信じる者も少なく、あやしげな民間療法や宗教まがいのパフォーマンスだと白眼視されていたが、やがてメディアが特集を組み、警察や医療機関の検証が入った末に、本当に治癒能力があることが認められた。そして能力者は何人も確認され、彼らの能力はあらゆる角度から調べられた。数々の実験――という名の治療と十年という時間を使っての経過観察をへて、ヒーラーたちは国が認める存在となったのだ。

国が認めると同時に、該当省の医政局には再生医療課が設立され、再生治療研究センターというものが作られた。ヒーラーたちは国家公務員という立場を与えられ、国の機関に所属することで保護され、多少の不自由さと引き替えに安全と高い所得が約束されたのだ。きわめて希少な彼らの力を欲する者は多く、その身を狙われるようになったからだ。

彼らはいわば人的資源だった。天然資源の乏しい日本における、最高の資源と言っても過言ではなかった。

なぜならヒーラーは日本人にしか現れないからだ。海外にいる日系人のなかに、弱い能力を持つ者は確認されたようだが、国内の能力者たちとは比べものにならなかった。

出現の法則もいまだ解明されていない。法則などないのではないか、という声も囁《ささや》かれているほど、出現には脈略がなかった。

現時点で確かなのは、男性にのみ出現するということと、ヒーラーには誰一人として子供がいないことだ。医学的には問題がないのに、たとえ人工授精を試みてもけっして子供ができないという。そして決まった家系から出るということもない。年齢は関係なく出現し、しかもある日突然ということがあるらしい。いまのところ力が消滅したという者も、強くなったという者もいないようだった。弱まったというケースならば聞いたことはあるが。

「まぁ、わたしの出番はないと思いますが……」

「そっか。急にレベルが上がったってわけじゃないんだな」

「まさか」

一時的に力が使えなかったり治癒能力が下がったりということはあるが、それは万全の状態ではないだけと考えられている。使える能力には限りがあり、使えば減るし、薄まりもするものらしい。

力の源のようなものが、どこにどうやって蓄積されているのかは不明だが、とにかく質と量が足りなければ治癒能力はフルに発揮はできない。そして減ったものは、また溜まるのを待つしかない。

空っぽになったからといって、人間としての活動に支障はないものの、能力者としての回復には相当な時間が必要で、そのあいだのヒーラーはただの人だ。回復力にも溜め込んでおける量にも個人差があるらしい。

明日の治療に臨める者が少ないのは、回復中の者が多いためだ。明日の大統領レベルの治療を行うと、早いもので二ヵ月ほど、遅いと半年は使えなくなってしまう。自然回復を待てば、の話だが。

そう、回復までの時間を短縮することはできる。それを可能にするのが、泉流のような存在なのだ。

「明日からはまた毎日だな」

「泉流はそうですね」

大統領の治療が無事に終われば、泉流はまた役目を果たすことになる。大事を取って休まされていたが、重要な治療が終わってしまえば遠慮なく使えるからだ。

泉流には、ヒーラーの力を早期回復させる力があるらしい。らしいと言うのは、泉流自身にはよくわからないからだ。ただヒーラーたちが泉流によって、治療で使い果たした力を補充ができることは事実のようだ。ようするにヒーラーたちの内蔵バッテリーに充電するための電源なのだ。

便宜上チャージャーなどと呼ばれているが、正式な名称はない。なぜならば、能力供給者の存在は公的には存在しないことになっているからだ。理由はいろいろとあるのだろうが、ヒーラー以上に希少であるというのが大きいだろう。この数十年で二十人ほどしか確認されておらず、現在センターに登録されているのは泉流を含めてもたったの五人だ。

だが本当はもっと数が多いのではないかというのがセンターの見解であり、泉流自身も実感していることだ。

なにしろチャージャーはヒーラーと比べても発見されにくい。ヒーラーがなんらかの理由で皮膚接触をし、力が供給されたことを感じて初めて相手が供給者であるとわかるからだ。だから能力の低いヒーラーのなかには、治療ではなくチャージャーの発見を役目としている者もいるという。

泉流の場合もそうやって発見された一人だ。母親が発病し、藁《わら》にも縋る思いでセンターへやってきて、対応した穂邑によってチャージャーであることがわかった。ヒーラーは治療に当たらないときは一般的な業務をしており、治療希望者との対面もそのうちの一つだった。治療希望者なら誰でも面会までこぎ着けられるわけではなく、なんらかの——おそらくは大人の事情というもので選ばれる。そのあたりはいまだによくわからなかった。

「明日の夜、また来ます」

「うん」

意図して治癒能力を使えるヒーラーと違い、チャージャーは力の供給を止めることも加減することもできない。だから明日の治療に備えて、穂邑は泉流に触れるミスを犯さないように留意しているのだ。彼も現在はフルチャージの状態だから触れても大丈夫なはずだが、そこは念のためだ。

「久しぶりに明日はゆっくりできますよ」

「泊まっていける？」

「残念ですが……」

苦笑まじりの返事に、泉流は黙ってうなずいた。答えを聞く前からわかっていたから気落ちすることもなかった。

穂邑とはセンターに入った頃からの付き合いで、慣れない泉流の面倒をあれこれ見てくれた人でもある。ここでの治療で完治した母親も二年ほどは住居棟に住んでいたが、基本的には別々に暮らしていたのだ。

母親を亡くしてからは、穂邑が泉流にとって一番近い存在になった。兄のように思っていた人と、恋人と言うべき関係になったのは、いまから半年ほど前のことだ。だがいまでも、自分たちは本当に恋人同士なんだろうかと疑問を抱くこともある。

好きだと言われて、少し迷いはしたものの、彼を受け入れた。恋愛感情を抱いていないことはわかっていたが、断って彼を失うことがなにより怖かったからだ。

自由に外出できない自分たちは、デートなんてしたことはない。キスも滅多にしないし、身体を繋《つな》いだのもたったの数回だけだ。センターに知られると引き離される可能性があるからと、関係もひた隠しにしていて、頻繁に互いのところへ泊まることもしない。それに迂闊に触れあうと、チャージャーとしての役目に支障を来《きた》してしまうから、一緒にいても距離を取ることが多かった。

だがそれは互いに納得していることだった。泉流は一人でも多くの人を救いたいと思っているし、穂邑も同意してくれた。

「充電し放題……だったらよかったのにな」

「もしそうだったら、泉流は四六時中、誰かと手を繋いでいなければなりませんよ」

泉流の供給量は無限ではなく、与え尽くしてしまえば空っぽになる。泉流は一日で回復するが、ヒーラーのほうはたとえ毎日力を与えられたとしても、ある一定以上は回復時間が短くならないのだ。複数のチャージャーで供給してみても同様の結果だった。どうやらヒーラーの力は、満タンになったからといってもすぐには使えないか、そもそも外部から満タンにすることはできないか、どちらかだろうと言われていた。

「あー……うん、それもやだな。ときどき、手ネチョな人もいるんだよ。わかる？　手汗かいてるの」

「まぁ、体質でしょうしね」

仕方ないと言いつつも、穂邑は同情を声に滲《にじ》ませた。ヒーラーは男しかいないので、手を繋ぐ相手も男ばかりだ。それも毎日のことだった。

「いやーな目で見てくるやつもいるしさ。やらしーって言うか……」

「誰です？」

「知ってどうすんの」

「一応、牽制《けんせい》しておきます。チャージャーにストレスを与えないように……とでも言えば、少しは控えるんじゃないですか」

「俺に拒否権なんてあるのかなぁ……」

「大丈夫だと思いますよ」

穂邑がやけに自信を持って言うので、とりあえず頼むことにした。

泉流は知らないことだったが、ヒーラーにとって供給源が一つ減ることは、小さくはない痛手なのだ。国がヒーラーを好待遇で抱え込んでいるのは、金と特権を与えているからだが、それは能力が高ければ高いほど上がるものだ。だからヒーラーたちの多くは、より治療の実績を積みたいと思っているし、そのためにはチャージャーからの供給が必要になってくる。だがそんな事情を泉流は知らなかった。

「それで、誰なんですか」

「えーと……三國さんなんだけどね」

「なるほど。では、ぜひとも明日は須田さんに頑張っていただかないと。彼一人で終われば、三國さんも出番なしですからね」

「あ、うん。まぁ須田さんも、あれなんだけどさ……」

ぽつりと呟くと、穂邑はわずかに眉《まゆ》を上げた。

「相変わらずですか……」

「慣れてるし、平気だよ。なにか言われるわけでもないし」

強がりだという自覚はあったし、穂邑もわかっているだろうが、あえてなにも言ってこなかった。

ヒーラーたちの多くは、泉流たちチャージャーのことを電源コンセントくらいにしか思っていない。特権を与えられ、患者からは神のように扱われていれば、傲慢《ごうまん》になるのは仕方ないことかもしれない。ヒーラーとチャージャーの関係は、搾取するものとされるものだ。いくら言葉で飾り、ごまかそうとしても、肌で感じるものは変わらない。

「与えるものと、与えられるもの……ってのは、絶対違うよな」

「泉流……」

奪われるのではなく与えるのだと言われてきたが、きっとほとんどの者はそれがむなしい言葉だと知っている。ほかのチャージャーとは話す機会がほとんどないから、彼らがどう感じているかまではわからない。どういった意図があるのかは不明だが、チャージャーたちは一ヵ所にまとめられることなく、それぞれが別棟で生活しているのだ。

「大丈夫。それでもさ、俺がいれば、いないよりは大勢の人を助けられるわけじゃん。だから頑張るよ」

泉流の本音としては、あまりヒーラーたちに会いたくないのだが、会わなければ力は与えられないのだから、そこはとっくに諦《あきら》めている。彼らの態度にはいろいろと思うところがあるものの、彼らの能力には敬意を抱いているのだ。

「穂邑さんくらいだよ。俺のこと、ちゃんと人間として扱ってくれてるの」

ただの供給源扱いでもなければ、性欲処理の対象としてでもない。母亡き後、泉流を支えてくれたのは間違いなく穂邑だった。

なのに穂邑はなにも言わず、少し困ったように微笑《ほほえ》むだけだった。

その意味はわからないし、尋ねる気にもなれない。聞いてはいけないと、泉流のなかのなにかが訴えていた。

もっとも大切で近いはずの人なのに、ときどき距離を感じて仕方ない。よそよそしく感じるのは穂邑の性格や態度ゆえだと納得する一方、寂しくてたまらないときもある。恋人のはずなのに、とても遠い。

「そろそろ行かないと……今日はいろいろと制限されているんです」

「……うん。また、明日」

穂邑は結局、一度も泉流に触れることなく退室していった。

残された部屋は静かすぎて、溜め息さえも大きく響いた。

この世で自分が一人きりのような気がしてしまうのは、けっして珍しいことではない。穂邑が泉流を支え続けてくれたのは確かだが、母親を亡くしてからずっと、その気持ちが払拭されたことはなかった。

センター開設以来の重要事例だろうとなんだろうと、治療にかかる時間はさほど変わらず、別室へと消えていったヒーラーたちは、ものの一時間ほどで戻ってきた。同程度の症例にかかる時間とほとんど変わらなかった。

治療前に泉流はメインのヒーラー・須田に触れるように言われたが、もともと足りていた状態だったので力の受け渡しは起こらなかった。ほかの二人も同様だった。

それでも隣室で待機させられたのだから、センター――というより国の意気込みは相当なものだ。

さすがに疲れた顔の須田は、どっかりと泉流の隣に座り、無言で手を出してきた。肉体的な疲労ではなく、精神的なものが大きいようだ。

「おまえで助かったぜ。こんなに疲れてんのに、延々とむさ苦しい野郎の手ぇ握ってるなんて、まっぴらだからな」

彼はまだ二十代の前半だが、トップクラスのヒーラーだ。ここは年齢やキャリアよりも、能力値がものを言うところだから、彼より年上の穂邑も三國も黙って須田の振る舞いを見ているだけだった。むしろ口を出せないのだ。

「お疲れ」

「ああ」

泉流が自分の手で須田の大きな手に触れると、すうっと自分のなかからなにかが流れ出ていくような感覚があった。

気持ちが悪いわけではないし、身体の力が抜けていくというわけでもないのだが、確実に内から外へと流れ出て行くのはわかる。説明しがたい不思議な感覚だった。

「本当にお疲れ様でした。わたしたちの出番はまったくありませんでしたね」

泉流が知りたかったことを穂邑が言ってくれた。ならば供給するのは須田だけでいいということだ。

「マジで疲れた。SPの野郎が、下手なまねしたら殺す……みたいな目で人のこと見やがってさぁ……」

「それって自分の国から連れてきたSP？」

「そう。スパイとか特殊部隊とか、そういうやつだな絶対」

須田がチャージの最中にべらべらとしゃべるのはいつものことだが、今日は一段とテンションが高い。治療の相手が相手だったので、多少興奮しているようだ。あるいは重圧と緊張から解き放たれ、ハイになっているのかもしれない。

「怖そうだなぁ……」

泉流は適当に言葉を返す。話し相手にならなければ、いつ須田は機嫌を悪くするかわからないのだ。

「おまえなんか、ビビってなにもできねぇだろうな」

「かもね」

言われるほど気が弱いつもりはないが、反論はせずにうなずいておいた。須田という男には常に肯定を返しておく必要がある。些細なことで荒れる一方、泉流の言葉遣いや態度は気にしないおおらかさもある、難しい男なのだ。

「ま、あのルキンに礼を言われるなんて貴重な経験ができたから、俺としちゃよかったな。箔《はく》も付くじゃん」

「世界的に注目されたもんな」

「けどヒーラーの名前は公表されねぇし、つまんねぇよ」

須田は意外なことにあからさまに不満を口にした。性格なのか若さのせいなのか、彼は自己顕示欲が強いタイプらしい。センターの職員がいる前で大胆なものだ。

きっとこれから彼の言動はチェックされるようになる。国はヒーラーの拉致《らち》と同じくらい、離反や亡命も警戒しているからだ。

泉流はちらりと穂邑を見やった。どう答えたらいいのか、困ってしまったからだ。

「でも今回のことで、ルキン大統領の信頼を得たんじゃないですか？　なにかあれば、きっとまたあなたを指名しますよ。大統領ご自身だけでなく、あちらの国の方はそうする可能性が高いと思います」

「そうかな……」

「ほかの国の方々も、指名してくるかもしれませんよ。名前は知らなくても、ルキン大統領を担当したヒーラー……といえば、通りますからね」

穂邑の言葉を聞いて、須田はまんざらでもない様子だった。彼の扱いは泉流が思っていたよりも簡単だったらしい。

あまり意味のない会話をかわしながら、一時間ほど須田の手を握り続け、泉流の役目は終わった。念のため、ヒーラーたちはこの棟に残るらしいので、することもなくなった泉流は住居棟に戻ることになった。

行きと同じ職員に出迎えられ、泉流は部屋に向かって歩き始めた。来るときに治療棟に入ったあたりで外れたもう二人も、同じ場所で合流する手はずになっている。

二棟からなる治療棟を繋ぐ渡り廊下にさしかかったとき、行きに通ったときには気づかなかったものが目に入った。それなりに緊張していて、外を見る余裕もなかったのだ。

上層階から見える光景は、ここへ来て初めて見るものだった。ある一角に常にないほど人がいた。

「すげー人……」

ぽつりと呟くと、思いがけず同意の声が返ってきた。

「珍しい景色だよな。二百人くらい入ってるらしいぜ」

声に振り返ると、案内役という名の護衛役がひょいと肩をすくめていた。見慣れた顔だが、実は名前を知らない。

目を丸くしている泉流をよそに、護衛役は続けた。

「それでもふるい落としたらしいけどな。各社一人っていう、厳しい条件出してさ」

「じゃあ、二百社来てるってことか……?」

「国内外からな。職員、関係者へのインタビューは禁止、立ち入り区域も制限……だ。当然不満の声が出てるってよ」

護衛役は立ち止まることこそしないが、ずいぶんとゆっくりとした歩調になっていた。視線は外へと向けられたままだ。

彼と言葉を交わしたのは今日が初めてだった。

「へぇ……」

遠目にもテレビカメラとわかるものが設置されているが、テレビ局もクルーは一人なのだろうか。だとしたら結構大変そうな話だ。

「あの人たち、昨日から？」

「ああ。一応宿泊はできるし、大統領がここを出て行くまで居座るんじゃねぇの？」

「えー……」

「おかげで警備員もフル稼働だし、職員も休み返上だ」

うんざりした様子で呟いて、護衛役の男は渡り廊下を抜けた。そして治療棟を出て、泉流の部屋まで送り届けた。

いつもの道のりだ。特別な日だからといって、特に護衛が増やされたりルートが変わるということもなかった。

明日からはまた退屈な時間を過ごさねばならない。一人の時間はなにかともてあまし気味だ。先月までは空いた時間を勉強に充てていたが、大学の一般教養レベルまでの授業は終わってしまったので、あとは興味があれば専門的なことを……と言われている。いまは穂邑や職員を交え、今後の話し合いをしている最中だが、少なくとも大統領の件が終わるまで先へは進まないだろう。

「……ちょっと早いけど、メシにしよ……」

泉流は時計を見てうなずき、一階へと向かう。部屋にはキッチンも付いているし、自炊することも多いのだが、いまは作りたい気分ではなかった。一階へ行けば食堂があり、この時間はランチを提供している。

この棟にはヒーラーはいないので、誰かと接触しても泉流の力が目減りすることもない。チャージする以外で泉流に会えるヒーラーは穂邑だけだし、その彼も住んでいるのはヒーラーばかりが集まる別棟だ。

行動はある程度制限されるものの、自由がないわけではない。住居棟とその周囲ならば好きに動きまわっていいし、買いものや外への連絡もできる。ただチャージャーであることは、特定の相手にしか明かせないというだけだった。だから泉流のここでの身分は、表向きは研究員で、少し前までは医政局のお偉方の子息という架空の立場を与えられていた。泉流が丁重に扱われる理由をごまかす意味もあった。

センターには未成年者も相当数いて、そのほとんどが職員や関係者の家族だが、なかには本人が能力者ということもある。ヒーラーの場合は隠された存在ではないので、保護のために彼らはセンターのなかで養育されるのがほとんどだ。ここには小規模ながら学校もあるのだ。泉流たちチャージャーはその限りではないが。

（なに食おうかなぁ）

一階まで降りた泉流は、食堂の入り口まで来て、ふと外へ視線を向けた。その瞬間に、予定を変更することにした。せっかく天気がいいのだし、売店でなにか買って外で食べようと思った。

サンドイッチとペットボトルのお茶を持ち、日陰になっているベンチを目指した。暖かいのは好きだが日光に弱いので、日なたは避けたかった。

やがて目には黄色に色づき始めた葉が飛び込んできた。この木の名前は知らないが、四階の窓まで届きそうな高さまで葉を茂らせていて、木の幹も泉流一人では抱えきれないほどに太い。

（そういえば、昨日の中継でも紅葉が見えてたかも……）

あのときは気にしていなかったが、思い出してみると確かに背景には色づいた木々が見えていた気がした。センター内の光景だけでなく、車列の向こうに映っていた沿道の街路樹も黄色かったはずだ。あれはイチョウだろうか。

いつの間にか、すっかり秋も深まっていたようだ。空調によって一年中ほぼ一定の温度が保たれている建物内は、季節感というものがまったくない。特に泉流は外へ出ることがほとんどないからなおさらだし、他人の服装を気にすることもなかった。景色や食べ物で季節を思うことも、ここ数年まったくなかったのだ。

「我ながら情緒に欠けるよな……」

芸術方面には疎《うと》いし、読む本といえば科学系か歴史書だ。フィクションはまず読まないし、テレビも滅多につけない。さすがにルキン大統領の治療が決定した頃と、ここ数日間はニュース番組を追っていたが、見たいのはそれだけなので、別の話題になればチャンネルを変えたり消したりしていた。

泉流はベンチに座り、小さく溜め息をついた。

「とりあえず、食お……」

考えごとは食べながらでもいいだろうし、腹も空《す》いてきた。紙おしぼりで手を拭《ふ》き、ツナサンドに齧《かじ》り付きながら、泉流は誰もいない庭を眺めた。

ランチタイムにはまだ早いし、基本的に外へ出なくても各棟への移動は可能なので、わざわざ外へ出てくる者もいないようだ。治療棟は離れているから、メディアの気配もここまでは伝わってこない。

久しぶりにゆったりとした気分になれた。ここ最近はカリキュラムも消化することもなく、力を与える時間以外は読書をしたりゲームをしたりと、端から見れば相当のんびりとした生活を送っていたのだが、やはり外の空気を吸い、風を感じ、自然の色を目にしたほうが気持ちにも余裕ができるようだ。

買ったサンドイッチを食べ終えても、泉流はベンチから離れずにいた。ときどきお茶を飲み、なにをするでもなくぼんやりとした。本でも持ってくればよかったかとも思ったが、これはこれでいいような気もした。

センターのなかの自然も、なかなか捨てたものじゃない。高い塀に囲まれ、おびただしい数の監視カメラと警備員に守られたこの場所は、数千人の人たちが生活する小さな町のようで、生活のすべてがセンター内でまかなえるようになっている。

外へ出る必要はないし、泉流も特に出たいと思っていなかった。この箱庭が小さいのか大きいのかも、泉流にはよくわからない。

ストレスは確かにあるし、居心地がいいというわけでもないが、ここで生きていくほかはないのだ。

この箱のなかで、泉流は力を与える以外の仕事をなにかしたいと思っている。将来の夢もビジョンもないが、自分の力を役立てたいという気持ちだけは昔から抱いてきた。

時間は充分あるはずだ。泉流は力を与える時間が短くてすむので、当然拘束時間も短い。ということは余る時間も多いということだ。これは泉流の特色であり、ヒーラーに歓迎される理由の一つでもあった。泉流はもちろんそうだが、ヒーラー側も接触時間が短いに越したことはないのだろう。須田が泉流を歓迎したのは、そういう意味でもあるのだ。

(事務系は厳しいな……やっぱ研究方面か。自分を実験台にして、穂邑さんに協力してもらうのもありだし)

もっと早くヒーラーを回復させることができれば、もっと多くの人たちを救えるのだ。単純にチャージャーの数が増えてもいいし、渡す力が強かったり質がよかったりすれば効率は上がるだろう。

(とりあえず、そのへんのことを穂邑さんに言ってみよう)

心のなかで呟いて、泉流は小さくうなずいた。

覚えているのはそこまでだった。黄色い葉がひらりと目の前に落ち、風が少し変わった気がした。

「ん……?」

首に違和感を覚え、とっさに手をやろうとした。だが泉流の腕は、ぴくりとも動くことはなかった。

ふわふわと浮かんでいるような感覚が続いている。

暖かい寝床で目覚めかけているような、手放したくない心地よさに、泉流はころりと寝返りを打って丸くなった。

「おい、起きろ。寝汚《いぎた》ねぇやつだな」

笑みを含んだ低い声が聞こえた。大きな声じゃないのにびくっとしてしまうほど響く声は、一言で表すならば「いい声」だった。艶やかで色気があり、ほんの少しだけ甘い。口調が軽いから威力は軽減されているが、もし本気で甘さを出して耳元で囁こうものなら、とんでもないことになりそうだ。

泉流の寝起きはけっしてよくないが、凶器みたいな声のせいで、意識はこれ以上ないほどクリアになった。

だからこそ、目を開けたままの姿勢で固まってしまった。

部屋のなかに誰かいるのは確かで、その声にはまったく聞き覚えがなく、眠っているベッドや壁の感じから自室でないことは明白だ。そして直前の記憶がセンターの庭でランチを取っていたことだと思い出した。

風が――というより空気が変わったように感じたとき、首のあたりに異変があったのだ。痛みともつかないような違和感といい、腕が動かなかったことといい、なにかされたのは間違いないだろう。

意識はあの直後になくなったはずだ。身体が傾《かし》いでいったことと、誰かに抱き留められたことはかろうじて記憶にあるが、それ以後のことはさっぱりだ。

信じがたいことだが、意識を奪われてどこかへ運ばれたらしい。センターの外へ出られるはずはないから、内部のどこかだろうが、問題は誰がなんのために……ということだ。

「いい加減にしねぇと襲うぞ」

こんな口をきく者がセンター職員とは思えない。ヒーラーのなかには粗暴な者もいたから、そのなかの誰かだろうか。すべてのヒーラーの声まで覚えていないから、その可能性も捨てられなかった。

「いつまで寝たふりしてやがる」

「寝たふりじゃなくて考えごとしてんだよ」

本当は動けなかっただけだが、つい反抗的に言い返した。そしてゆっくりと、警戒しながら身体を起こして振り返った。

ベッド脇《わき》の椅子にかけていた男を見て、泉流は大きく目を瞠《みは》った。

長い脚を組んで無遠慮に泉流を眺める男は、三十歳前後といったところだろうか。甘さのない精悍《せいかん》な顔つきは大層整っていて、華やかさはないが印象的で野性味にあふれている。切れ長の目は鋭利ではあるものの、目つきが悪いというわけではないし、高い鼻梁《びりょう》も少し厚めの唇も男らしくて羨《うらや》ましいほどだ。おまけに座っていても長身であることはわかるし、鍛えた身体付きであることも知れた。袖《そで》をまくり上げているから筋肉の付いた腕が見えているし、襟元のボタンは外されて胸筋の一部も見えているからだ。

ひどく印象的なこの男を泉流は知っていた。遠い記憶が鮮やかによみがえり、なかばパニックになりかけた。

どうして——と、そればかりが頭のなかで繰り返されていた。

(あの人だ……)

子供の頃に助けてくれた彼が目の前にいた。会ったのはたった一度だけだが、忘れたことなどない、かつての思い人だった。

流れた年月分の変化はあったが、見間違えようもない。あの頃よりも男らしい艶を帯びた彼に、泉流は落ち着かない気分になった。とっくに過去のものになったはずの感情が、むくむくと頭をもたげてきそうだった。

「あ……あの……」

状況的に彼はセンターの職員ではないだろう。冷静に考えて、泉流をここに連れてきた者、あるいはその仲間だ。

ここはどこで、目の前の男は何者で、なんのために泉流の意識を奪ったのか。いくつもの疑問が渦巻いてなかなか言葉にならない。

そのうちに、男は芝居がかった調子で言った。

「ようこそ、伝説の供給者様？」

「え……」

「だろ？　噂《うわさ》のチャージャーって言ったほうがいいか？」

しばらく反応らしい反応ができず、泉流はただ黙って男を見つめていた。

男は泉流のことなどまったく覚えていないらしい。まるで初めて会ったかのような態度に、少なからずがっかりした。おかげでチャージャーと呼ばれたことに対しては動揺しなくてすんでいる。拉致された可能性が高いと気づいた時点で、チャージャーとしての自分が目的だろうと考えていたおかげでもあった。

だから泉流は初対面だと割り切ることに決めた。昔のことを持ち出す意味はないし、へたなことを言って個人情報へと繋がることは避けたかったからだ。

「……そんな名前じゃないし」

「ああ……仲越泉流だっけ」

「どうして俺の名前を知ってるんだよ」

「首から提げてたろ、IDカードをさ。どうせ面倒なもんが内蔵されてるだろうから、捨ててきちまったけどな。同じ理由で、身につけてるもの全部」

「な……」

慌てて視線を下げると、確かに着ているものが変わっていた。膝《ひざ》くらいまである長くて白いシャツタイプのパジャマだ。下着を穿《は》いていないことに気づいて、急に心許《こころもと》ない気持ちになった。

「てっきり身体にチップでも埋め込まれてるかと思ったんだが、そのあたりはセンターも慎重っていうか、及び腰みたいだな」

居場所や生態情報を送るためのバイオチップは、もうずいぶんと前から使われているが、ヒーラーやチャージャーには使用されていないのだ。謎が多い能力ゆえに、身体に異物を埋め込むことで、その力がなくなる可能性を危惧《きぐ》しているからだ。能力の低いヒーラーで試したときは異常はなかったが、それでもすべてのヒーラーでまったく影響がないという確証は得られず、まして高い能力者での実験には踏み込めないでいるのだ。ましてチャージャーは数が少なく、まったく手をつけられていなかった。

つまり泉流の居場所を特定できるものは、なにもないわけだ。捨てたＩＤカードや服や靴には、念のために仕込まれていたはずだったが。

ますます警戒を強め、泉流は男を睨《にら》み据えた。

「誰なんだよ、あんた……。ここ、どこだ？」

目の前にいるのは、ただの犯罪者だ。そう言い聞かせ、全身で警戒をあらわにした。

「どこかは言えねぇが、センターの外なのは確かだ」

「外……？」

にわかには信じられずに目を瞠った。

センターが国にとって重要な施設である以上、警備もそれに準じたものだ。まして大統領が滞在しているのだから、さらに態勢は厳しくなっているはずだった。意識のない泉流を運び出すなんて、そうそうできるはずがない。

室内に目を走らせても、わかったのは殺風景な部屋だというくらいだ。窓は二つあるが小さい上に嵌《は》め殺しで、型板ガラスは表面に凹凸があってボコボコしているため、光は通すが外の景色はまったくわからない。しかもかなり厚みがありそうだった。

「センター内のどっかじゃなくて？」

「だから外だってての。信じられねぇか？」

「当たり前だろ。どうやって外に出たんだよ」

キッと睨み付けたというのに、男は軽く肩を竦《すく》めただけだった。そんな仕草すら様になっているのだから腹が立つ。

「混乱に乗じて、堂々と出たぜ。ただでさえ大統領の件で、メディアが何百人と入ってるし、出るのはさほど厳しくねぇんだよな」

「そんなはずないだろ」

入るときは当然だが、出るときも車ごと専用の機器でチェックをかけるはずだ。熱反応はもちろんのこと生体反応も調べるし、車の重量も入ってきたときと大きな差がないか確認される。たとえ意識を失っていようとも泉流の反応は出るはずだし、車以外で運び出す方法なんて思いつかない。

睨むようにして男を見ていると、にやりと笑われた。

「センターは誘拐の対策が甘かったな。今回は混乱もあったんだろうが、思ったより呆気《あっけ》なかったぜ。あのなかで囲っちまえば、安全だと高をくくってるらしい」

「けど、出入りにはかなり厳しいチェックがあるって……！」

「危険物と、生きた人間は……だろ？　簡単な話だ。薬で、一時的に体温と脈を下げたんだよ。仮死状態ってやつだな」

「それって……」

泉流は唖然《あぜん》とした。確かにそういう薬もあるが、医療体制が整った環境で事細かに数値を見ながらでなければ後遺症のない蘇生《そせい》は難しいはずだ。コールドスリープという手段もあるようだが、それこそ装置が大きくて運び出すには向かない。

新たな疑問を抱え込んで混乱していると、男はそんな泉流を楽しげに眺めながら、くっと喉《のど》の奥で笑った。

余裕の態度が気に入らない。目線の高さはほとんど変わらないのに、どこか高いところから見下ろされているような気がして仕方なかった。

「確実に蘇生できるって自信があるからやったんだよ。おまえの安全をないがしろにしたわけじゃねぇぞ」

　これはヒントらしいと気づき、泉流は頭をフル回転させた。機材がなくても確実に蘇生できるということは、つまり――。

「……ヒーラーがいるってことか」

　それも能力の高い者が必要だ。そしてセンターから拉致したのだから、国とは無関係の人間か組織ということになる。

　ようするに「もぐり」だ。国内にはセンターに登録していないヒーラーが何人もいる。正確な数は国も把握できていないようだが、力の大小を問わずにいうならば三十人以上はいるだろうと聞いた。なかにはセンターのトップクラスと同レベルの者もいるらしいと噂されているし、組織化しているところもあるという。もちろん誰ともつるまず、一人で活動している者もいる。いずれにしても国からは認められていない者たちだ。当然非登録者の治療は違法と見なされるが、いまだかつてもぐりのヒーラーが逮捕されたり訴えられたりしたことはない。ヒーラーの治療は立証が難しいためだ。

　だが逮捕者が出ていないからといって、彼らが違法行為を続けていることには変わりない。ましてや今回は泉流を拉致しているのだから、どこからどう見ても犯罪だ。

　結局はならず者ということか。センターに所属していないヒーラーたちは、法外な金を取って治療を行うという。センターの優先順位から外された者や後ろ暗い事情がある者は、もぐりのヒーラーの前にひたすら金を積みあげるらしい。

泉流は冷めた目で男を見つめた。あのときの彼が身を持ち崩したことが残念でならない。だが逆に、これで気持ちを引きずらずにすむかもしれないと思った。

「組織？　それともフリー……？」

「協力者はいるが、組織じゃねぇな」

「その言い方だと、あんたがヒーラーか」

「正解だ。そういや自己紹介がまだだったな。俺は世良泰駕《せらたいが》。センターが把握してねぇヒーラーの一人だ。まぁ、治し屋だな」

余裕の表情で世良と名乗った男は口の端をあげた。

もぐりのヒーラーのなかには、本名や顔が知られている者と、そうでない者がいる。前者は一度はセンターに登録されながら、それぞれの理由で出奔《しゅっぽん》した者であり、後者は能力を自覚しながらも申し出ることなく活動している者だ。だが後者とてまったく把握されていないケースはまれだ。治療を行っている以上、その回数が多ければ多いほど、人の口に上ってしまうからだ。本名は知れずとも、どのあたりでどういった能力の者が治療を行っている、という話は出てくる。もちろん正確につかむのは難しく、複数の噂が実は一人によるものだったり、その逆もあったりするようだが。

「信じてねぇな？」

「仮死状態から蘇生できるレベルなのに、センターが把握してないなんてありえない」

それに昔の彼には力などなかったはずだ。助けてもらったときにも、明るい大通りまで送ってもらう途中も、彼の手は握ったのだから、もしヒーラーであればあの時点でわかったはずだ。

ならば世良が嘘《うそ》をついているか、あの後で力が出現したか……ということだろう。

「そりゃあ買いかぶりってもんだ。センターはおまえが思ってるよりもずっと不完全な組織だぜ。優秀なやつらは限られてるし、一枚岩でもない。おまえがこうやって簡単に外へ連れ出されてるんだ、穴だらけってことは認めるだろ？」

「…………」

「なかにいたんじゃ、見えねぇこともあるさ。それにおまえが思ってるような、おきれいな活動もしてねぇしな」

宥《なだ》めるような言い方が、かえって不愉快だ。さも自分はよく見えているのだと言わんばかりで、言葉の端々から世良が泉流を小馬鹿《こばか》にしているのがわかる。

「そうだとしても、俺を誘拐していい理由にはならないだろ」

「違いねぇな」

「開き直るのかよ」

この男にはさっきから悪びれたところがまったくない。かといって人として壊れているようにも思えないのだ。変わってしまった部分と、変わっていないように見える部分があり、どうにもアンバランスだった。

「自分がロクデナシなのは自覚してるさ」

「自覚してんのに改善する気はないんだな」

「俺がいい人になったら、気持ち悪いだろ？」

「そんなことないと思うけど……」

「ん？　なんだって？」

小声で呟いたせいで聞こえなかったらしい。泉流ははっとして、慌てて吐き捨てるように続けた。

「気持ち悪いかどうか判断できるほど、あんたのこと知らないし」

泉流がぷいっと横を向くと、世良はあっけにとられたような顔をしていたが、やがて目を細めてふっと笑った。

「おもしろいな、おまえ」

「どこが」

「正直というか、駆け引きができねぇというか……真っ向勝負だな」

「悪かったな。対人スキルが低くて」

限られた者としか接していないのだから、世慣れていないのも人付き合いが得意でないのも仕方ない。それでも他人の悪意や負の感情には敏感なほうだと思う。もののように扱われたり、下等な存在のように見られたりしてきたからかもしれないが。

「ところでさ……おまえ、自分はチャージャーじゃない……とは言わないんだな」

「言っても無駄な気がする」

「賢明だ。寝てるあいだに、確認ずみだからな」

「え……」

「丸二日たってるんだよ。昨日、しっかり補充させてもらった。意識なくても、接触だけでもらえるもんなんだな」

好奇心に満ちた目つきは研究者のそれに近い。穂邑は淡々としていたが、チャージャーの記録を取る職員は、ちょうどいまの世良のような態度だったのだ。

泉流は自然と顔をしかめていた。

「そうらしいね」

「特性を教えろよ。とりあえず、一度力を渡すと、しばらくは無理らしいってのはわかったんだがな」

「断る。誘拐犯に教えてやる義理はないだろ」

ぷいっと音がしそうなほどの勢いで横を向くと、なにがおもしろかったのか、世良は喉の奥で笑い始めた。

あくまでも余裕を感じる。実際にそうなのだろうが、泉流は悔しさにますます顔をしかめた。

「おまえ、年はいくつだ？」

「……ノーコメント」

答えながら、少しだけほっとした。

どうやらそこまで調べは付いていないらしい。名前もカードに記載されていたものを見ただけのようだ。

「見たところ、二十歳《はたち》前だな。十七、八ってところか。センターに入って何年だ？」

「なんでそんなこと訊《き》くんだよ」

「いや、何歳からあそこに囲い込まれたら、そうなるのかと思ってな」

「そうなる、ってなに」

「よく言えば純粋培養。悪く言うと……」

「いいよ、その先は聞きたくないし」

悪く言われることは確実なのだし、箱庭育ちの世間知らずだという自覚はある。そう、箱庭だ。あそこはけっして温室などではない。

「ふーん、まぁいいや。とにかく帰す気はねぇってことは、肝《きも》に銘じといてくれ」

「……だろうね」

世良が名乗った時点で、そうだろうと理解していた。もっとも本名であるとは限らない。むしろ偽名を使うのが当然だろうが。

「ほかに訊きたいことは？」

「……俺をどうするつもりか教えてくれよ」

やや声が硬くなったのに気づいたのか、世良はまるでふっと笑った。

「ヒーラーがチャージャーを攫《さら》う理由なんて、一つだと思うがな」

「まぁ、そうだよな。じゃあ売るつもりじゃないいんだな」

「いまのところは」

「は……」

乾いた笑いはすぐに引っ込んだ。供給者としての能力と効果を試してから、ということだろう。

そういえば、と室内を見ると、デジタル時計がちょうど数字を二時ちょうどに変えるところだった。時計に細工をしていない限り、世良が言った通り拉致されてから丸二日たっている。

「苦労して連れ出したんだぜ。まずは好奇心を満たさねぇとな」

「好奇心ね……あんたも、そういうのに熱心なタイプなんだ？　もしかして研究畑の人間だったり？」

とてもそうは見えないけど、と続けると、世良は笑いながらうなずいた。

「そっち方面じゃねえが、探究心は人一倍旺盛かもな。仕事が仕事だしな」

「仕事って？」

「それは追々教えてやるよ。まぁ、その仕事がらみで、今回のこともうまくいったってのは確かだろうな」

さすがになんでも教えてくれるわけではないらしい。観察するように見られるのは慣れているが、だからといって平気なわけでもない。ただセンターの職員や一部のヒーラーたちよりもマシだと思えた。

かつての好意が、泉流を甘くしているのかもしれない。

彼は身を落としたのだ。変わってしまったのだ。必死で言い聞かせてはいても、心のどこかで本当はいい人なんじゃないかと希望を抱く自分がいる。実際に誘拐までされているというのに滑稽《こっけい》な話だ。

「質問は終わりか？」

黙り込んでいるあいだ、世良はじっと見つめていたらしい。それに気づいて、泉流はますます落ち着かない気分になった。

「あ……ある」

「ふーん？」

「えっと……どうして俺、っていうか、チャージャーのこと知ったんだ？」

「そんなもん、ずっと前から噂になってたぜ。お抱えのヒーラーたちの回復期間はどう考えたって早い。センターの出入りをチェックしてりゃ、だいたいどのくらい治療が行われてるかはわかるからな。公表されてるヒーラーの数と、あわねぇんだよ。だったらヒーラーの数を過小報告してるか、回復手段があるか……だろ？」

「それは……」

「だから、そのうち確かめようとは思ってたんだよ。大統領の治療は好都合だったわけだ。なにしろ人の出入りが尋常じゃなかったからな。しかも警備の目は、あっちの人間に向いてるし」

海外の人間が大勢入り込むということで、警備陣がピリピリしていたことは事実だ。ヒーラーへの接触や拉致、あるいは本人の意思による亡命に対し、かなり神経を尖《とが》らせていたようだ。これは穂邑からも聞いていた。一方のチャージャーは存在自体が不確かなものだし、優秀なヒーラーがいてこそ価値を発揮する者として、さほど危機感は抱いていなかったのかもしれない。

「確かめるなんて嘘だろ。用意周到って感じがするんだけど。薬とか……車にもなんか仕掛けがあったんだろ？」

「へぇ……そのくらいのことはわかるのか。もっとお馬鹿ちゃんかと思ってたぜ」

揶揄《やゆ》する言い方にムッとしたものの、睨み付けるだけにとどめておいた。相手が何者かは不明のままだし、目的も絞れていない。ここはへたに反抗するより、おとなしく振る舞って情報を引き出すほうがいいはずだ。

だが顔に出た感情まではごまかしきれず、ますます男の笑いを誘ってしまった。

「お察しの通りだ。最初からチャージャーをかっ攫う気でいたさ」

「それって俺じゃなくてもよかったってことか」

わずかに落胆を覚えながら尋ね、そんな自分を笑いたくなった。まるで自分だけを狙って欲しかったようではないか。

泉流の心情をよそに、世良はあっさりとうなずいた。

「そうなるな。ただ、おまえが条件に適《かな》ってたのも確かだ」

「……条件?」

「かっ攫ったはいいが、めそめそ泣かれて病まれても困る。身体の傷や病気は治せても、心のほうは管轄外だからな。それと、あんまりガタイがいいのは運ぶのに苦労するから、小ぶりなサイズがよかったわけだ」

「こっ……小ぶり……」

なんたる言いぐさだと目を剝《む》いた。確かに泉流は大柄ではない。だが平均的な女性ほど小柄でもないのだ。あくまで女性よりは……だが。

「ちょっと背の高い女……くらいだろ。つーかおまえ痩《や》せすぎだ。まぁ、抱きしめるにはいいサイズだけどな」

「自分がデカイからって馬鹿にすんな！」

「してねぇよ。可愛いって、褒めたんだろ」

「絶対褒めてないし、そうだとしても嬉《うれ》しくない」

「はは……いいな、おまえ。マジで可愛いわ」

世良の言葉や態度に、泉流はひどく戸惑った。かつて恋心を抱いた相手から、揶揄の意味とはいえ「可愛い」などと言われたのだ。平然としていられるほど泉流は冷めていないし、恋愛ごとに慣れてもいなかった。

おまけに暢気《のんき》に言いあいをしていたことに気づいて、自分はどうしてしまったのかと思う。緊張感がなさすぎた。

相手は誘拐犯なのだ。違法な治療をする人でなしだ。なのに気がつけば、気心が知れた相手のように言葉をかわしていた。

世良の雰囲気がそうさせるのだろう。油断してはいけないと言い聞かせ、泉流は世良とのあいだに、しっかりと線を引いた。

「もっと可愛げのないやつだと思ってたんだけどな」

「それ……誰かから聞いた話？　内通者がいるんだよな？」

「いない……って言っても信憑性はないか」

「あるわけない。俺が外へ出たのはたまたまだけど、あんたがあそこにいたのは、居場所がある程度特定できてたってことだろ」

チャージャーは生活する建物がそれぞれ違うのだ。用事もなく自分のテリトリーから大きく離れることはまずないだろう。泉流がそうであるように。

「運もあったな。おまえが外に出て来なかったら、もっと面倒な手を使うことになってただろうな」

「……俺を外に出す作戦も用意してたとか……？」

「まぁな」

やはり誰かが情報を流しているのだ。しかも一般職員ではなく、泉流がチャージャーであることやスケジュールまで把握できるような人物が。

泉流の正体について知っているのはヒーラーたちと上層部、治療棟の一部の職員だけだ。供給が行われるあの部屋に入れる職員のみだから、本当に数人ということになる。

（まさかヒーラーのなかに……？）

ヒーラーのなかにはセンターから抜けたがっている者もいるらしい。もちろん口や態度に出す者はいないだろうが、チャンスさえあればと考えている者はいるだろう。でなければ過去に何人も亡命ないし出奔はしていないし、センター側が警戒することもないはずだ。

疑えば誰も彼も怪しく見えてきてしまう。野心的な部分のある須田も、口数が少なくなにを考えているかわからない三國も、普段接している職員も――。

穂邑はどうなんだろうか。彼は真面目で職務にも忠実で、泉流が知る限り不平不満を漏らしたこともない。センターを裏切るような真似も、自信の欲望を満たすための行動も取るとは思えなかった。

(仮にも恋人なんだし……)

出会ってからずっと穂邑は優しかったし、少し前からは恋人になったのだ。泉流を誘拐させるような真似をするとは思えなかった。

そうだ。穂邑は世良とは違う。

ちらりと様子を窺《うかが》うと、相変わらず世良は泉流を眺めていた。

「なんだよ」

「いや……心当たりがあるのか、と思ってな」

「そんなこと言われたら、誰でも……あっ、もしかしてわざとそんなこと言って、俺に猜疑《さいぎ》心とか植え付けようってんじゃ……！」

思いついた考えをそのまま口にすると、世良はたまらず声を立てて笑い出した。馬鹿にされている感じはしないが、泉流としては複雑な気分だった。

警戒を強めるつもりだったのに、気がつけばまた緩んでいた。

(拉致されたんだぞ。帰さないって言われたし、利用されるんだぞ。こいつは誘拐犯だ、誘拐犯。しかも違法治療してるやつ……！　あの頃とは別人みたいに変わっちゃったんだよ)

世良は自らを「治し屋」だと言った。もぐりのヒーラーは、希有《けう》な力を金儲《もう》けや自らの地位の確立のために使う汚い連中だ。信念などはなく、順番を待てない者たちから莫大な治療費をせびり取っているのだ。

そういう人間は、もっと卑《いや》しさが全身から漂っているものだと思っていた。人の命を金儲けに利用する生き方が、その人の顔なり雰囲気なりに表れるのだと。だが目の前の男からは、微塵《みじん》もそういったものを感じない。どこか退廃的な気配もあるが、それは誘拐犯でもぐりのヒーラーということを考えれば、むしろ当然のような気がした。

笑いの衝動が治まった世良は、怪訝《けげん》そうな泉流を黙って見つめた。視線の強さに負けないように、ぐっと力を入れて見つめ返す。

「センターのいまの様子って、わかる？　俺のことって、どうなってるんだ？」

「さぁな。とりあえず騒ぎにはなってるんじゃねぇか。脱走扱いか、拉致を疑われてるかは知らねぇが、たぶん後者だろうな」

世良が言うように、きっとセンターは騒然としていることだろう。ただでさえ大統領がいることでピリピリしているというのに、チャージャーが忽然《こつぜん》と姿を消したのだ。表だって騒ぐかどうかはともかく、深刻な状態になっているのは間違いないだろう。

穂邑は心配しているだろうか。いや、心配しているだけならばいいが、泉流がいなくなったことの責任を追及されていたら――。

(落ち着け、俺。大丈夫、責任問題にはならないはず。穂邑さんは護衛じゃないんだし、一緒にいたわけじゃないし……)

泉流が拉致されたとき、穂邑は治療棟でほかのヒーラーたちと一緒だった。外へ出たのは泉流の勝手であり思いつきなのだから、ほかの誰にも責任はない。一度は食堂へ行ったのに、気が変わって場所を変えたことは、棟内のカメラが捉《とら》えた映像を見ればわかるだろう。

「納得したか？　だったらそろそろ、供給の詳細を教えてもらおうか」

「断るって言ったろ」

「だから、実際に確かめようと思ってな」

伸ばされた手からとっさに逃れようと身を引いたが、がしりと腕をつかまれてしまう。薄いとはいえ布越しだから力は流れていかないが、誘拐をするようなもぐりのヒーラーなどに触られたくなかった。たとえ初恋の相手だとしても。

「触んなっ」

もがきつつも、抵抗はどうしても甘いものになってしまう。この期《ご》に及んでまだ甘い気持ちが残っているせいもあるが、なにより死にものぐるいで暴れたら、手で世良の素肌に触れてしまいそうだったからだ。指先同士での接触がもっとも効率がいいとはいえ、ほかの部分でも力は流れていくのだ。

　こんな男に力をくれてやる必要はない。無駄なことだとわかってはいるが、素直に渡す気はなかった。

「暴れるなよ、面倒くせぇな」

「だったら離せよ！」

「いまさらだろ？　昨日もらってんだし、一度も二度も同じだろうが。それともあれか、男に触られると怖いとか？」

「あんたみたいなやつに触られたくないだけだ」

「それもいまさらだな。攫ってくるとき、さんざん触ったし。力だって、出し惜しみするようなもんじゃねぇだろ？」

「は……？」

「正直『こんなもんか』って感じだったしな。もっと劇的なものだと思ってたんだよ。力が雪崩《なだ》れ込んできて、満たされたっていう実感がある……みたいなさ」

　世良の表情や口調には、はっきりと「期待外れ」だったと書いてあった。

　思わずカチンときた。ありがたがられるのも迷惑だが、たいしたことがないと思われるのも不愉快だ。

「チャージャーなんて、みんなこんなもんだよっ」

「へぇ、そうなのか。みんな……ね」

「あ……」

しまったと口を押さえるが、それは肯定したも同然だということに、すぐに気がついた。したり顔の世良が憎たらしかった。

「心配すんな。この程度だってわかりゃ、連れてくるメリットなんかねぇしな。情報を売るほど困ってもいねぇし」

「だったら……」

「だからって帰すわけねぇだろ。いろいろしゃべっちまったし、おまえを気に入ったってのもあるし」

「俺はあんたなんか……嫌いだよ」

吐きだした言葉は妙に語調が強くなってしまった。嫌いだと言うのがこんなに難しいとは思っていなかった。

世良は不自然さに気づかなかったらしく、くつくつと笑い声を漏らしていた。

「つれねぇなぁ……まぁ、当然だけどな」

「離せって言ってんだろっ」

「そう言われると、ますます離したくなくなる性分なんだよな。むしろ余計にちょっかいかけたくなる」

あからさまに揶揄する口調は、泉流の神経を逆撫《さかな》でした。いつもなら鼻で笑って流せることでも、いまはいちいち癇《かん》に障《さわ》った。それだけ余裕がないということでもあるし、神経が尖っているということでもあった。

つかまれたままだった腕を強く引かれ、世良の腕に抱き込まれた。硬直する泉流の耳元で低い声がした。

「ラッキーだったな。見た目も中身も好みなんてさ」

「は……なせっ……」

「これだけ可愛けりゃ楽しめる」

「ふざけんな……！」

抱きしめられて尻《しり》を触られて、やけに艶っぽい声でそんなことを囁かれたら、意図することなんていやでもわかる。

泉流は子供の頃から、同性にそういった興味や感情を抱かれやすかった。センターに入ってからも、何人かのヒーラーが言葉や視線、あるいは態度で表してきたし、穂邑には告白もされた。

だからといって慣れているわけではないのだ。ヒーラーたちからのアプローチは嫌悪しかもたらさなかったし、恋人との行為は正直なところいやではないが好きでもなかったからだ。穂邑のことは好きだが、キスやセックスをしたいかと言われたらそうではない。ただ一緒にいたり、話したり食事をしたりということのほうが、泉流には嬉しかった。

じわりと涙が出てきそうだった。

昔、大人の男の欲望にさらされていた泉流を助けてくれた人が、いまは同じようなことをしようとしているのだから。

「離せよ、馬鹿やろう！　俺に触るな！」

「元気なのはいいが、ちょっとうるせぇな」

チッと舌打ちをしたわりに、声に不機嫌さはなかった。だがそれに気づいたときには、泉流の唇は――うるさいらしい口は世良のそれで塞《ふさ》がれてしまっていた。

「っ……ん……！」

唇が重なってすぐに入り込んだ舌が、泉流の舌に絡みついた。

あこがれた人とのキスが、こんな形で果たされるなんて夢にも思わなかった。

力の差は圧倒的だし、世良は押さえつけるポイントを心得ている。体格のよさはみせかけではなく、ろくに身体を使ってこなかった泉流には抗《あらが》うすべもなかった。

顎《あご》を取られて動かすこともできず、せめて舌だけでも逃げようとしても追いかけてきて搦《から》め捕られる。

ざわざわと鳥肌が立つような感覚に泉流は怖くなった。

こんなキスは知らない。深いキスの経験は何度もあったのに、それは恋人としての儀式のようなもので、泉流はそれがキスというものだと思っていた。

キスで感じるなんて知らなかった。

それにさっきから力の流れも感じていた。触れれば手でなくても流れていくことは知っていたが、まるで吸い取られるような気がして仕方ない。穂邑のキスはこんなに長くはないからだろうか。

急速に力が抜けていった。力を渡して身体に変化が起きたことはないから、これは供給者としての異変ではないはずだ。

唇が離れていくと同時に、泉流はぐったりとして身体を世良に預けた。悔しいが、思うように身体が動かない。

「……驚いたな……」

ほうけたような声がしたものの、泉流には反応を示すこともできなかった。

一気に力が流れ出たせいなのだろうか。時間をかけてゆっくりと力を受け渡すときは、一度もこんなふうになったことはなかったのに。

ベッドに横たえられ、強い視線を感じても、泉流はぼんやりとしたまま目を閉じていた。

「昨日と全然違ったぞ。やっぱあれか、意識があるとないとじゃ違うのか」

問いかけなのか独り言なのかわからない呟きは、頭のなかを素通りしていった。無視したわけではなく、意味のある言葉として残らなかっただけだった。

「それとも……接触方法か？」

指先が泉流のそれに触れ、しばらくしてから離れていくと、今度は口のなかに差し入れられた。最初はただ入れているだけで指を動かさなかったが、手を外させようと力の入らない腕を持ち上げようとした途端、舌先をいじられた。すぐにまたさっきの感覚に近いものが湧《わ》き上がってきて、泉流はぎゅっと目を閉じた。

力の流れはあるが、キスしていたときほどではない。ただ快感に肌が震えた。

いきなり指が引き抜かれ、力なく投げ出されていた手を拾い上げられた。その指先を世良は自らの口に含み、舌を絡めてきた。

「ふ……ぁ……」

愛撫《あいぶ》するような動きに、思わず声が出た。指なんかでは感じないと思っていたのに、ぞくぞくと甘いしびれが肌をなでていくのがわかる。

「なるほどね……」

楽しげな声が響いたかと思うと、たちまち両手首を柔らかい布で縛られ、頭上に掲げるような形でベッドにくくりつけられた。

「離、せっ」

「悪いな、もう止まらねぇ」

世良はもう一度泉流にキスをし、口のなかを好き勝手に舌でいじりまわした。歯列の根元や口蓋《こうがい》、そして頰粘膜《きょう》に至るまで――。

苦しくて、それ以上に気持ちがいい。

飲み下せなかった唾液《だえき》が口角からこぼれて伝い落ちていくのを、世良の舌が追いかけて舐《な》め取るのにさえ感じてしまう。

いつの間にかパジャマのボタンはすべて外され、身体が世良の目にさらされていた。だがそれを恥ずかしいとか屈辱だとか思う余裕すらなく、世良を蹴《け》ろうとしているのも、なかば無意識だった。

足が当たっても世良はびくともしないし、痛そうなそぶりも見せない。むしろ楽しげに口の端を上げるばかりだ。

「よくしてやるよ。どうせ逃げられねぇんだ、おまえも楽しめばいい」

「やっ……」

脚を押さえつけた世良は、そのまま強引に膝を割った。隠すこともできず、すべてがあらわになってしまう。

「ふーん……きれいなもんだ。肌も……いいな、嚙《か》みつきたくなる」

首に唇を寄せられ、脈打つところを強く吸われた。直前の言葉に反して、世良は歯を立てることもなく舌と唇で白い肌に痕《あと》を残していく。

キスは身体のあちこちに落ち、唇で吸ったり舌で舐めたりされるたび、泉流はびくびくと身体を震わせ、息とも喘《あえ》ぎともつかないものを唇からこぼした。

感じるところを見つけると、世良は指でそこをいじりながら唇を塞いでくる。

何度もそれを繰り返した後、長く節くれ立った指が泉流の中心に絡みついた。

「ぁあっ……や……」

濡《ぬ》れた声が勝手にこぼれ、快感に喘ぐことしかできない。身体の力が抜けたのか、内包した力が流れていったのかもよくわからなかった。

何度もしごかれ、すっかりそれが形を変えた頃になって、世良は手で高めていたそれに舌を寄せた。

初めての行為じゃない。だが記憶しているよりも快楽は強烈で、気がつけば目の前が涙でぼやけていた。抵抗しなければと頭では思っているのに、身体は思うように動いてくれない。シーツに沈める指には力が入っているというのに。

「や、だ……っ、ぁんっ……や……」

かぶりを振って情けない声を上げても、愛撫が止まることはなかった。

「初めてか?」

「……え?」

問いかけが頭に入ってくるまで、少し時間がいった。快楽に侵された脳は、耳にした言葉を理解するにもひどく手間取っていた。

ゆっくりと意味を悟ると、今度は答えに窮することになった。どう答えたら少しでも劣位を覆せるのか、不利にならないのか、いまはとても考えられないからだ。問うあいだも答えを待つあいだも、世良は的確に泉流を追い詰めている。味わったことがないほどの快感に、流されないようにするのでせいいっぱいだった。

「答えろよ。処女なら前戯にたっぷり時間かけてやるし、経験あるならそこそこですませてやるぜ」

「ぁ……ある、よ……」

少しでも早く解放されるなら、少しばかり乱暴であってもかまわないと思った。痛い思いをすることになっても、長々と恥辱にまみれるよりはマシだ。

それに泉流のつまらない矜持《きょうじ》が初めてなんかじゃないと訴えたがっていた。世良がかつてのことを覚えていなくても、好きだったことを知らなくても、とっくに別の人を好きになって恋人になったことを突きつけてやりたかったのだ。

「へぇ、あるのか。ま、当然か。このナリじゃ、まわりが放っておかねぇだろうしな……彼氏か？　いま、つきあってんのか？」

「そう、だよ」

「ふーん、そりゃ悪いことしたな。こっちの調査不足だ。それにしちゃ反応が初々《ういうい》しい気もするけどな」

少しも残念そうじゃない言い方に、悲しくなった。そんな必要はないはずなのに、かつての気持ちを引きずっている自分がいやだった。

中心をするりと指で撫で上げられ、びくんと腰が震える。かろうじて声は出さなかったが、巧みな指使いに身体の反応までは抑えられなかった。

「慣れてる感じがしねぇんだよなぁ。まぁ、感度は悪くないか。経験が足りねぇんだな。素質はありそうだぞ」

「な……ぁっ、ん」

こんなことに素質などあるものかと思ったが、反論の言葉は喘ぎ声に変わってしまった。

「別にどっちでもいいんだけどな、処女だろうがなかろうが」

「おん……な、じゃ……ないっ」

「そうだな。俺の女になれ……とは言わねぇが、おまえは俺のもんにするから、そのつもりでいろよ」

「いや、だ……っ」

「俺なしじゃ、いられなくしてやろうか」

泉流の意思など無視した、勝手なことばかり言われているというのに、その声はなぜかとても優しく、そして甘く響いた。

すでに立ち上がっていたものが口に包まれ、舌が絡みつく。腰から砕けていきそうなほど気持ちがいいのに、さらに濡らした指で後ろを撫でられて、力がまったく入らなくなった。

指先は円を描くようにして、きつく窄《すぼ》まったそこに触れる。そうしてゆっくりと内部へと侵入してきた。

記憶にあるよりも、長くて太い指だ。嫋《たお》やかではなく、かといって無骨というわけでもない、男らしい長い指だった。

「う、んっ……あ、あ……いや……ぁ……」

様子を窺うようにして慎重に差し込まれたそれは、同じくらいそっと引き抜かれていく。だが完全に抜けきる前に、また深く入ってきた。

何度もそれを繰り返した後、指は前後に動き始めた。

前を口で愛撫され、後ろを指でいじられる。腰が勝手に揺れ始めて、淫猥《いんわい》な音が耳を打った。だがいやらしい音よりも、自分が上げる浅ましいよがり声のほうが聞くにたえないものだった。

「あんっ、ぁ……や、あぁぁ……っ」

後ろに痛みはなく、違和感さえもすぐになくなった。感じるのは溶けていきそうな快感だけだった。

指が二本、三本と増やされていき、ぐちゃぐちゃに掻《か》きまわされる。気持ちがよくて、声が抑えられなかった。

「よさそうだな」

「ひっ、あぁ……っ！」

内側から弱いところを抉《えぐ》られて、悲鳴じみた声がもれた。びりびりと電流を当てられたような衝撃は強烈すぎて、腰を捩《よじ》りたててよがることしかできなかった。

ぐっと指で突き上げられ、泉流は大きくわななないた。

頭のなかが真っ白になって、絶頂感が全身を貫く。と同時に、力が激しく流れていくのを感じた。さっきからずっとその感覚はあったのだが、ゆっくりとした流れが一気に勢いを増したようだった。

この感覚は知っている。穂邑と肌を合わせたときも、こんな感覚があった。

穂邑には尋ねられなかったことを、自然と口にしていた。疑念は以前からあったが、穂邑がなにも言わないから、訊けなかったことだった。

「な……に……これ……」

「皮膚での接触より、粘膜のほうがいい……ってことだろ、たぶんな」

世良はそう言い、唇に残っていたものをぺろりと舐めた。それが自分の吐き出したものだと気づき、泉流は慌てて目をそらした。

自分のものを飲まれたといういたたまれなさもあるが、それ以上に世良の色気に当てられてしまいそうで怖かった。

「どうした。ん？」

覆い被《かぶ》さってきた世良に耳元で甘く囁かれ、それだけで深い部分からぞくんと快感が這《は》い上がってきた。

声にさえ反応してしまうなんて、自分はおかしくなってしまったのだろうかと思う。ましてろくな抵抗もせず快感に喘いでいるなんて、まるで喜んで抱かれているようだ。

身体はもう快楽に屈している。いくら身体に力が入らなくても、縛られて逃げることは適わないのだとしても、心は最後まで抵抗しなくてはいけなかったのに。

「入れて欲しいか……？」

指で後ろを撫でられ、浅ましくそこがひくついた。

奥が疼《うず》いて仕方なかった。もっと深くまで掻きまわして欲しくてたまらないと、泉流の身体はねだっている。

だがそれを素直に認めてはいけない。心まで落ちてはいけないのだ。

泉流は穂邑の顔を思い出し、何度もかぶりを振った。

「や……め、ろっ……」

「言ったろ。もう止まらねぇって」

意思とは裏腹に欲しがるその場所に、屹立《きつりつ》した世良のものが押し当てられる。ふと目を向けて、泉流は瞠目《どうもく》した。

「む、り……そんな、の……入らなっ……ぁ……」

いやいやをするように首を振っても、返ってきたのは宥めるような愛撫だけだった。胸の突起を指で摘《つま》まれ、拒否の言葉は喘ぎに変わった。

「初めてじゃねぇんだろ?」

「違う、けど……でもっ……」

あんなものを入れられたら、きっと壊れてしまう。

震えてしまうのは、恐れのためなのか期待のためなのか、泉流にもわからなかった。あるいは両方なのかもしれなかった。

「大丈夫だって」

「あっ、あ……あぁ……」

押し開くようにして、ゆっくりと世良が入ってきた。

痛みはほとんどないが、圧倒的な質量を感じて泉流は怖《お》じ気《け》づく。そのくせ、じりじりと開かれる身体は歓喜に震えていた。

「痛くねぇか?」

いたわるような優しい声に、混乱した。縛り付けて強引に犯しているくせに、気遣いを見せるなんて——。

泉流は自然とかぶりを振っていた。小さな反応だったが、世良には伝わったようだった。

すぐに動くことはせず、世良は深く繋がったままの状態で、泉流の額や頬にキスをしたり、髪を梳《す》いたりしていた。

うっすらと目を開けた泉流は、自分を見つめていた世良と目があうなり、ひどく動揺して顔を横に向ける。

泉流を強引に抱いている男は、熱を孕《はら》んだ甘ったるい目をしていた。まるで大切なものを、愛《いと》おしいものを見つめるような顔だった。

こんな甘い空気が流れるなんて、本当ならばありえないはずだ。世良は誘拐して監禁した上、レイプまでしようという加害者であり、泉流はその被害者なのだから。

「ど……して……っぁ……」

耳朶《じだ》を軽く噛まれて思わず声が出た。こんなところも感じるなんて、初めて知った。

歯を立てられ、舌先でいじられて、後ろがきゅうっときつく締まると、泉流のなかを埋め尽くしていたものがさらに質量を増したのがわかった。

「やっ、ぁ……抜け、ってば……っ……」

「無理言うな」

笑いながら世良は、指の腹で乳首を押しつぶしつつ円を描く。両方を同じようにされ、思わず泉流はのけぞった。

「あ、ぁんっ、さ……触ん……ん、ぅ……んっ」

「そうやって気持ちよく喘いでりゃいい。ごちゃごちゃ考えんな。まぁどうせ、考えられなくなるだろうけどな」

「え……あ、ぁあっ……！」

密着していた腰が離れ、なかのものが引き出されていく感触に泉流は悲鳴を上げる。総毛立つような快感にきつく目を閉じ、頭上に固定されたままの手も固く握りしめた。

その余韻が抜けないうちに、今度は深く突き上げられる。ガツンと脳天まで貫かれたようで、泉流は嬌声《きょうせい》を上げてのけぞった。

大きく揺すり上げるようにして何度も突かれ、快楽でなにも考えられなくなっていく。

「やっ、だめ……あんっ、あ……っあ……！」

穿《うが》たれているところから、溶けていってしまいそうだった。

口ではだめだと言いながらも、泉流は腰を振って自らも快楽を追いかけている。身体は暴走し、わずかに残った理性など無視して貪欲《どんよく》に感じようとしていた。

「ずいぶん気持ちよさそうじゃねぇか。ん？」

「ちがっ……」

「ふーん、違うのか。こんなんじゃ、足りねぇって？」

楽しげな声で囁いて、世良は両の胸を指でいじりながら激しく突き上げてきた。

「ひっ、あ……あぁ……っん」

「は……いい声、出しやがるよな……その顔も、たまんねぇ……」

「いやぁ……っ、お……奥っ……！　だめっ、深……い、ぃっ……」

指先まで快楽に支配され、なにをされても泣きたくなるほどに感じてしまう。ようやく胸から指が離れていき、代わりに膝の裏側に手を添えられた。ぐっと押し上げられると、膝が胸に付くほどに身体を深く折られた。

いままでとは違う角度で、なかをぐちゃぐちゃに穿たれ、掻きまわされた。

強すぎる快感に、もう泣くことしかできなかった。

「あぁぁっ……！」

速まる律動が、ぐっと深くなったとき、泉流は全身を貫く絶頂感に悲鳴を上げ、がくんと大きくのけぞった。

真っ白になるなんて、生やさしいものじゃなかった。押し上げられた頂《いただき》から落ちていき、一瞬とはいえ意識が飛んだ。

しばらく泉流の頭はまともに動かず、消えることなく続く余韻にびくびくと身体を震わせていた。

特に内腿《うちもも》は痙攣《けいれん》し、おかしくなったままになっている。

「おい、大丈夫か？」

軽く頬を叩《たた》かれ、意識が戻っていく。叩くというよりは撫でるに近かったような気もしたが、とにかく我に返ることはできた。

とんでもないことを経験させられた。気持ちがいいというよりは、凄絶な快感に責められたような気分だ。あれがセックスだというならば、きっと泉流が知っていたものはそうじゃなかったのだろう。

「やっぱ感度がいいな、おまえ」

そんなことを言われても、よくわからなかった。泉流はいままで後ろだけで感じたことなんてなかったし、世良が指摘した通り、慣れるほどの経験はなかったのだ。絶頂は常に前への刺激によるもので、触られればそれなりに感じたものの、いくときは瞬間的に快感へ向かって上っていくような感じだった。

さっきのように、ずっと気持ちがいいなんて——ましていった後、長く余韻が続いて痙攣までするなんて、この身体はどうしてしまったのだろうか。それとも世良が特別なだけなのだろうか。

乏しい経験のなかでは、自分を失ったりはしなかったし、頭と身体が別々になるようなこともなかった。気持ちがいいと思っていたときでも考えごとはできたし、いくときだって意識が飛んだりはしなかった。

ぼんやりと考えていると、じっと泉流の顔を見下ろしていた世良が、拗《す》ねたような口調で言った。

「現実逃避か？　余計なこと考えてるんじゃねぇよ」

覆い被さってきた世良に、かぷっと耳を噛まれ、孔《あな》のなかへと舌先を差し入れられた。濡れた舌が水音を立て、甘い痺れが背筋を這い上がった。

「っぁ、ん……や、だ……も、触ん……な、よぉ……」

「食い足りねぇんだよ」

「え……だ……だって、さっき早く終わらせる、って……」

そこそこですませると世良は言っていたが、もう充分すぎるほどだと思う。少なくとも泉流のなかで、さっきの行為は「そこそこ」なんかじゃなかった。

だが世良はふっと鼻で笑った。

「前戯は……って言ったろ。入れた後のことは、また別の話に決まってんだろうが」

「な……ん、んんっ」

耳を愛撫されながら、手で脇腹や脚を撫でられると、びくびくと全身が震えてしまう。どこもかしこも感じてしまう身体は、もうとっくにおかしくなっているのかもしれなかった。

泣きながら弱々しくかぶりを振ると、ようやく耳の愛撫は止まったが、代わりに乳首に吸い付かれ、さらに喘がされるはめになった。

快感が電流のように走って、指先まで侵食していく。いつの間にか手の拘束は外されていたが、抵抗どころかシーツに爪《つめ》を立てるのがせいいっぱいだった。

呑《の》み込んだままだったものは、すでにまた力を取り戻していて、泉流のなかで存在を主張している。繋がったところは脈打つように熱く、少し揺すられるだけでも鳥肌が立つほどに感じてしまう。

奥が疼いて仕方ない。だめだと思う一方で、さっきのように深く突いて、めちゃくちゃに搔きまわして欲しいとも思う。

くすりと笑い、世良は泉流の手を拾い上げると、少しだけ付いた拘束痕に舌を這わせた。途端にすうっと赤い擦《こす》れ痕は消えていく。

力を使ったのだ。世良からすれば微々たる力だろうが、ケガとも言えないような些細な傷を治すとは思いもせず、泉流は驚きに目を瞠った。

「やりすぎて壊れても、ちゃんと治してやるからさ」

冗談めかしてそう言うと、世良はふたたび腰を動かした。

「いや、ぁっ……あん、んーっ」

崩れ落ちてしまいそうな快感に、泉流は泣きじゃくる。泣いたのは母親が亡くなって以来だということさえも、いまはわかっていなかった。

投げ出されていた腕を取られて導かれ、無意識のうちに世良の広い背中にしがみついた。いまの泉流には、ほかに縋れるものはないのだ。

世良に翻弄《ほんろう》されるまま、それから数え切れないほどいかされ、身のうちに男の欲望を受け止めた。

与えられる熱と快楽、ときおり吹き込まれる甘い囁きに、泉流は身体だけでなく心まで溶かされていった。


心地いい温かさに包まれて、泉流はぼんやりと目を覚ました。

寝起きが悪いのはいつものことだが、今日はことさら意識がはっきりとせず、身体中がだるくて、節々が少し痛い。もしかしてこれは熱があるんだろうかと、風邪など滅多にひかない泉流は小さく溜め息をついた。

それに尻のあたりがじくじくと熱を帯びている気がする。疼くような、かすかな痛みのようなそれは、一度意識してしまうと無視できないほどに主張が激しく、関節の痛みなどは些細なことに思えてきた。

「起きたのか」

「……え？」

間近で聞こえた低い声に、泉流はきょとんとした。緩慢な動作で目を開き、どういう状況なのか理解したとき、あやうく悲鳴を上げそうになった。

大きな男の腕のなかに、泉流はすっぽりと抱きしめられていた。相手も、そして自分もなに一つ身につけてはいなかった。男にされた数々のことを、そして自らの痴態を否応《いやおう》なしに思い出してしまう。

慌てて身を引こうとしたが、たくましい腕に捉えられて自由がきかない。それどころか腰が密着するように強く抱き寄せられた。

誘拐犯で違法なヒーラーで、幼い恋の相手。この男の名はなんといったか。ようやく動き始めた頭に、世良という姓はなんとか残っていたが、下の名前が思い出せなかった。

「離せよ……！」

怒鳴ったつもりだったというのに、喉がやられていてほとんど空気が漏れるくらいの音にしかならなかった。掠《かす》れているなんて可愛いものではない。

原因はわかっている。そしてあちこちが痛かったりだるかったりする理由もだ。

「これじゃ話ができねぇな」

仕方なさそうに笑い、世良は泉流の喉にキスをした。強く吸い、舌を動かされると、ざらざらとした喉の違和感が消えていくのがわかった。

治療されたのだ。

「い……いまの……」

呟いた声はいつも通りだった。

泉流は治療する場面を直接見たことはなかったが、記録映像としてならばいくつか見ている。いずれも指先を患部の上から当てていたはずだった。

「指じゃ……なくても治せんの……？」

「らしいな。俺も、昨日知った」

「昨日……？」

「おまえを抱いて、わかったんだよ。覚えてねぇか？　皮膚より粘膜のほうが、力の出し入れは簡単らしいぜ」

「粘、膜……って……」

「唇や舌はそうだし、ペニスや肛門もだな。頬粘膜や腸粘膜は言わずもがな、だ。キスとかフェラはかなり有効ってことだ。もちろんナマで挿入するのが、一番接触面積が広くていいみたいだけどな」

話を聞いて、泉流は目を瞠った。信じられない話だが、ここで嘘や冗談を言う理由はないだろう。

「……そんな治療、できるはずがないだろ……」

「当たり前だ。こっちだって、誰彼なくやれるかよ。つーかおまえ、他人事《ひとごと》みたいに聞いてるんじゃねぇよ。力の出し入れ……って言ったんだぞ、俺は」

「あ……」

治療に関しては出す一方のはずだ。ヒーラーが力を入れるということは、つまりチャージャーからもらうということだった。

そうだ、粘膜に触れられているとき、力の流れを確かに感じた。それは指先での接触とは比べものにならないほど強く勢いのある流れだった。

察したのが感じ取れたのか、世良はにやりと笑った。

「キスやセックスのほうが、質のいい力を大量にもらえるらしい。たぶん皮膚を通してだとロスがあるんだろうな。特におまえがいったときが、すごかったな」

言いながら世良は泉流の肌に手を這わせる。ただ撫でているわけではなく、泉流の官能を呼び起こそうという動きだった。

ざわざわとした快感じみたものが生まれそうになり、慌てていたずらする手をつかんで止める。だが力で敵《かな》うはずもなかった。

「ちょっ……」

尻を鷲《わし》づかみにされ、脚のあいだに膝を入れられ、閉じられないようにされた。邪魔する手がうるさかったらしく、両方まとめて後ろ手につかまれてしまう。

「ま、力はおまえが二回目にいったときに出尽くした感じだったけどな。あれがすごくてさ、一瞬で力が回復した」

世良はいやらしい手の動きに反して、淡々と説明を続けた。粘膜同士の接触でも、力を受け渡す時間そのものは変わらないらしいが、泉流がいった瞬間は流れが速まるらしい。ようするに身体を繋いだまま深いキスをして泉流をいかせれば、もっとも効率よく上質な力を得られる、という結論に達したようだ。

「ありえない……」

「なにが」

「だ、だって……そんなの……」

「どうする？　それでもセンターに戻りたいか？　どうしてもって言うなら、送ってやってもいいぜ。検証の結果と推測を添えてな。そしたらどうなるんだろうな。センターはおまえを、いろんなヒーラーに抱かせるのかね」

「脅す気かよ」

思い切り睨み付けたというのに、世良は怯《ひる》みもしない。それどころか楽しげに目を細め、話を続けた。

「なんだ、怯《おび》えるかと思ったのに。つーか、おまえの彼氏ってヒーラーじゃないんだな」

「………」

迂闊なことは言うまいと、口をつぐんだ。キスやセックスで力が激しく流れることを泉流は初めて知ったのだから、世良がそう思うのは当然だ。実際、まったく気づいていなかった。以前感じたものは、気のせいですむような程度だったからだ。

おそらく世良の説明は、推測も含めて間違っていない。だったらなぜ穂邑はなにも言わなかったのだろうか。渡すチャージャーより受け取るヒーラーのほうが、力の流れには敏感なはずだ。それは通常のやりとりでも実証されている。ヒーラーのほうが、そのあたりは貪欲でもあるはずなのだ。

(もしかして……上にも報告してない……?)

可能性は充分にあったし、泉流が知る穂邑ならばそうするだろうとも思った。彼は恋人だし、それ以前に人としての歪《ゆが》みがない、まっすぐな気性と考え方の持ち主だ。泉流を、そしてチャージャーのことを考え、口をつぐんだ可能性は高い。

「彼氏のこと考えてんのか?」

「……そうだけど?」

「ふーん。どんなやつだ?」

「どんな、って……真面目で穏やかで、ちょっと辛辣《しんらつ》なところもあるみたいだけど、俺にはいつも優しいよ。俺にとっては……」

自然と口にしかけた言葉に気づき、泉流は唖然とした。

(いま、俺……『兄』って言おうとした……?)

かつてはその通りだったが、もう違うはずだった。穂邑は恋人であって、意識なんてとっくに変わっていると思っていたのに。

穂邑のことは好きだ。誰よりも信頼し、心を寄せているのは間違いない。だから恋人になったのだし、穂邑が望むことならばなんでもしたいと思った。

「おい」

「え？」

考えにはまり込んでいた泉流は、世良の声に視線を上げた。自分が置かれている状況を思いだし、顔をしかめた。

恋人がいるのに、ほかの男に抱かれた。なのに相手を憎いとも思えず、怒りも恐怖も感じていない自分がいる。

その事実がいやでたまらず、泉流は顔を背けた。

「見た目はどんなやつだ？」

「………………」

「言えよ。おまえの彼氏ってのは、いい男なのか？」

さすがにそこまでの情報は持っていないらしいと知り、少しだけ気持ちが軽くなった。

秘密の関係だったのだから当然とも言えるが、泉流が個人的に接触する相手は限られているのだから、泉流の交友関係が報告されていれば推測できたはずだ。ということは、情報提供者はヒーラーでも、チャージャーの担当者でもないということになりはしないだろうか。

もちろん世良がしらばっくれている可能性もあったが。

「それは言わない。特定されたらいやだし」

穂邑の顔を思い浮かべながら、泉流はかぶりを振った。よくできた人形のように整った顔は、特徴を言えばすぐにわかってしまいそうに思えたからだ。

「特定できたとしても、なにもしねぇよ」

「……信じられない」

「まぁ、そうだよな。信じてもらえるようなことは、なにもしてねぇしな」

いいわけ一つしない男に、どうしてか苛《いら》ついた。押さえつけながらも、それ以上なにもしてこないから気が緩んだのかもしれなかった。

「あんた、罪悪感とかまったくないのか？　そういうこと感じる部分、壊れてんの？　誘拐して、監禁して、レイプしてさ。ガキの頃から、そうなのか？　それともヒーラーに目覚めてから、おかしくなったのか？」

せめてかつての彼は違っていて欲しくて、つい余計なことまで尋ねていた。世良が少し怪訝そうな顔をしたときは、ひやりとした。

「レイプ……か、まぁ……そうなるのか？」

「合意した覚えはないし」

質問を流された上、すっとぼけた態度を取られ、思わずムッとした。自然と泉流の声は低くなるが、元来男にしては声が高いほうだから、たかが知れていた。

うだ。

「抵抗らしい抵抗をされた記憶はないんだが？」

「しなかったんじゃなくて、できなかったんだよ！」

最初のキスで力が出て行ったとき、まるで酔ったみたいに変になってしまったのだ。身体には力が入らないし、考える力は激しく低下した。知らないうちにまた変な薬でも盛られたんじゃないかと疑ったほどだった。やはり相手との過去の関わりが、泉流を甘くしていたようだ。

「キス一つで落ちんのかおまえは。やっかいな身体だな」

「そんなんじゃないっ」

世良が言わんとしていることに気づいて、泉流は必死でかぶりを振った。誰にでもそうだと思われるのは心外だった。

一度でも好きだったことのある相手というのはやっかいだ。いくら現実を突きつけられても、過去の美しい思い出までは否定できないものらしい。

「やべぇな、またやりたくなってきた」

もがいて抵抗したことが、世良をその気にさせてしまったらしい。尻をもみしだかれ、指先で最奥に触れられ、泉流はびくっと腰を跳ねさせた。

「ま、まだ足りないのかよ。やったって、俺の力はまだ回復してないからな」

「そんなことはどうでもいいんだよ。俺が抱きたいってだけだしな」

「ど……どうでもいい、って……」

そのために誘拐し、犯したのではなかったのだろうか。もちろん最初から犯すつもりはなかったはずだが、あのとき世良が気まぐれでキスをしたことで、可能性に気づいて確認のために抱いたのではなかったのか。

いや、違う。世良が泉流を抱こうしたのは、キスをする前だ。見た目がどうのと言っていたから、ただの欲望だったのだろう。

「どっちにしても最低……」

「うん？」

「くそっ、離せよゴーカン魔」

「強姦《ごうかん》ねぇ……あれだけアンアン言っといてか？　なにおまえ、強姦されて『気持ちいい』とか『もっと』とか言っちまうのか？」

「そんなこと……」

言っていないと口にしかけ、泉流ははっと息をのんだ。世良の言葉に触発されるように、脳裏に浮かんだのは自らの声だった。耳障りなほど喘ぎながら合間に紡いだ数々の言葉は、世良が言った以外にもいろいろあった。

カッと頬が熱くなる。きっと耳まで赤いことだろう。

「思い出したか？」

「う……」

羞恥《しゅうち》で死ねるかもしれないと、本気で思った。自己嫌悪と後悔と、自分という人間への不信感とで、頭のなかはごちゃごちゃだった。

世良の舌打ちが聞こえてこなければ、そのままどっぷりとネガティブな方向へと突き進んでいたかもしれなかった。

「時間かよ。しょうがねぇな」

世良は独りごち、渋々といった様子で泉流から手を離した。どうやら離れねばならない事情があるらしく、すぐにベッドから降りて服を身につけた。

「ちょっと出かけてくるから、いい子でお留守番してろよ。すぐメシを持ってこさせる」

意外に思うほどあっさりと世良は部屋を出て行った。

一人残された泉流は、ベッドのなかでぽかんとしていた。ほっとしたような、それでいて少し寂しいような——。

「ありえない」

声に出して否定し、いまのは精神的に不安定なせいだと自分を納得させた。誘拐され、どこかもわからないところに監禁され、ぐちゃぐちゃになるまで抱かれて——。だから唯一接した相手に、縋ってしまったに違いない。まして肌を合わせた相手だ。それもひたすら気持ちよくさせられた。

（これって、あれだ。ストックホルム症候群とかいう……うん、そうだ）

無理に納得し、泉流は考えることを放棄すると、あらためて室内を見まわした。ようやく監禁された部屋を観察する余裕ができた。

部屋は一五、六平米といったところだろうか、天井は高く、家具らしいものはベッドと小さなテーブルと肘《ひじ》掛け椅子だけだ。三つあるうちのドアの一つは先ほど世良が出て行ったので外へと繋がるものだろう。残りの二つはバスとトイレの可能性が高い。

そういえば泉流は服こそ身につけていないが、身体はきれいに洗われた形跡がある。不快な汚れは残っていないし、髪からも嗅《か》ぎ慣れないシャンプーのにおいがした。

（あいつが入れたのか……？　でも、そんな面倒なこと……するのか？）

疑問を抱いてうーんと唸《うな》っていると、控えめなノックが聞こえ、返事を確かめることなくドアが開いた。

泉流は慌てて毛布を引き上げた。ここは空調によって適温に保たれていて、毛布一枚でも寒さは感じなかった。

「起きてるー？」

ひょっこりと顔をのぞかせたのは、泉流とそう年が変わらないだろう青年だ。小型の齧歯《げっし》類《るい》のような印象の彼は、泉流と目があうとにっこりと笑い、ためらうことなく部屋に入ってきた。

その表情は快活で、後ろ暗さなどまったく感じていないように見えた。少なくとも拉致された上に監禁されている者に接する態度ではなかった。出前を届けに来た、とでも言わんばかりの気安さだ。

泉流はあからさまな警戒をし、身を固くした。どんなふうに見えようと、あの男の仲間なのだから、気を許すことはできない。ヒーラーが世良一人とは限らないのだし、泉流を襲おうという者がほかにいないとも限らないのだから。

「えーと……近寄るけど、いいかな？　大丈夫、メシ置くだけだから」

おびえた動物か子供に話しかけるように、青年は柔らかな声でそっと言った。

返事はしなかった。泉流は毛布にくるまったままベッドに座り、距離を取るためになるべく壁際まで下がった。

「んーとね、俺は治己《はるき》。あんたの世話とかするように言われたから」

「……それと、監視？」

冷めた声で言うと、治己と名乗った青年は気まずそうに苦笑し、「まぁまぁ」などと意味のわからないことを口にした。

「俺のことは、小間使いくらいに思ってくれていいから」

「そんなに偉くなった覚えないし」

「いやでもほら、囚《とら》われのお姫様には侍従の一人くらい、いないとさ」

ニカッと効果音がしそうなほどの笑みを浮かべ、ベッド脇のテーブルに食事の載ったトレイを置いた。具のたっぷりと入ったクリーム系のシチューに、温められたロールパンという簡単な食事だが、栄養面は考えられているようだ。

「おかわりあるから、遠慮なく言ってね。急ごしらえなんで、こんなんで悪いけど」

「……いや」

「体調とかそのへんで、問題ない？　あ、だるいのとかケツや関節痛いのは別ね。そのへんはしょうがないって諦めて。世良さんの力も、それには使えないっていうか……いや使えるけど、優先事項があるからさ」

「なっ……」

泉流はカッと赤くなり、ぱくぱくと口を開けたり閉じたりした。言いたいことがなに一つ出てこなかった。

この青年は泉流と世良のあいだにあったことを知っているのだ。その上で、照れもせず平然と言ってのけたのだった。

動揺のあまり、泉流は完全に失念していた。いま彼が言った優先事項から確実に外れるだろう喉の痛みを、世良があっさりと治してくれたことを。

「うわぉ、真っ赤になっちゃって、可愛いなぁもう。うちの王様が夢中になっちゃうわけだよね」

「お……王様っ？」

「や、別にそういうふうに呼んでるわけじゃないよ？　あんたがお姫様だから、王様って言ってみただけ。だってほら、王子様って感じじゃないじゃん？」

「あ、ああ……」

「とんでもないよ、ほんと。蘇生に問題がなかったか確認するだけ……のはずだったのに、そのまんま朝まで部屋から出てこないとか、笑える」

　青年は本気でおもしろがっているらしいが、泉流は笑えなかった。他人のそういった話を娯楽の一つのように語るのは、いかがなものかと思っているからだ。

　まして泉流はこう見えて落ち込んでいるのだ。抱かれて喜んでしまった身体も恨めしいし、傷ついていない心も信じられない。穂邑に申し訳ないと思いながら、彼以外の男に抱かれたこと自体には悲しみや苦しさを抱いていないのもおかしい。

「あんたは……えっと、治己だっけ。いま初めてここに入ったのか？」

「一回だけ入ったよ。世良さんがあんたを風呂に入れてるあいだに、シーツ換えたの。どろっどろのぐっちゃぐちゃだったのは驚いたけど、もっと驚いたのは世良さんだよね。あの人ってそんなにマメな男じゃねーのに風呂入れてやるとか、すげーわ」

「ふ、風呂……」

「いっぱい中出ししちゃったから、きれいにしなきゃ……みたいなこと言ってたよ。きっとあれだね、ほかのやつにあんたを触らせたくなかったんだぜ」

きししし、などというおかしな笑い声を漏らして、治己と名乗った青年は、訊きもしないことをべらべらしゃべった。

泉流はぽかんと口を開け、意味不明なことを言う青年を見つめた。

「……なんの冗談だよ」

「えー冗談じゃないって。なに、まさかの天然？　うわお、反応が愉快すぎる。さすが箱入りのお姫様」

「関係ないだろ。その姫とかいうのやめろ」

「えー、なんか汚《けが》れない感じがするし、やっぱ姫だよ姫。その年でスレてないって、ものすごく貴重じゃん」

「世間知らずなだけだし」

「あ、自覚あるんだ。まぁ、そういうとこも含めてね。あ、食べなよ、冷めちゃうよ」

親切に勧められたが、泉流は毛布から出られない状態だ。

「服、欲しいんだけど」

「あー……うん、それね。そうだよね、服着たいよね。でもごめん。世良さんから、渡すなって言われてて一」

「はっ？」

「いや、マッパなら逃げられないだろうって。ドアに鍵はかかるけど、念には念をってことらしいよ。そのまま手だけ出して、食べればいいじゃん」

気の毒そうな顔はするものの、まったく譲歩する気はないようだった。世良の言うことは絶対なのだろう。

「食べるから、出てって」

「それも無理。へたな真似されちゃうと困るし。あ、心配ならしなくてもいいよ。俺、完全なる異性愛者だから。人が誰となにしようと気にしないけど、自分は絶対女の子じゃないとだめなの」

それが安堵《あんど》の材料になるかはともかく、出て行く気も服をくれる気もないことだけはよくわかった。

大きな溜め息をつき、泉流は差し出されたシチューの皿とスプーンを受け取った。口にして、思わずほっと息が漏れた。考えてみれば拉致された日の昼に食べたきりだったのだ。空腹を感じる余裕もなかったことを自覚させられた。

「よく嚙んでね」

「……あんたって、年いくつ？」

「十九だよ」

「なんであいつの仲間なんかやってんだ？　やっぱ金がいいのか？」

言葉尻に嫌悪感が滲んだのはわかっていたが、フォローしようとは思わなかった。罪悪感を一切感じていないらしい彼らに——いまは目の前にいる治己に、自分たちが犯罪者だということを突きつけてやりたかった。

激高するか、あるいは不快感をあらわにするか。どちらかだろうと考えていたのに、治己は苦笑をもらすだけだった。

「金はどうでもいいかなぁ……まぁ、生きてくのに必要な分は、ないと困るけどさ」

「あいつ、分け前くれないのか？」

「え？　あ、あれ……？」

治己は目を丸くし、まじまじと泉流を見つめた後、さも意外そうに「ええー」と素《す》っ頓《とん》狂《きょう》な声を上げた。

「もしかして聞いてない？　ちょっ……うわぁ、マジか。まるっと一日あったじゃん。えー、まさかほんとにずっとヤッてたのっ？　昨日の昼過ぎから、さっきまで？　なにそれ、どんな監禁陵辱もの？」

「な……」

「うわー、びっくりだわ。いや、てっきりもう言ってあるんだと思ったし。普通思うじゃん。だって攫ってきた目的って、チャージするためだもん。あれぇ？　もしかして目的がすり替わっちゃった系？」

治己は一人で騒ぎ立て、そして一人で納得しているが、泉流はあまりの羞恥に口もきけないでいた。けっしてセックスをし続けていたわけではない。ただ話をする時間が少なかったことは確かだ。泉流が蘇生してからの数十分のみで、後はまともな会話にはならなかった。眠っているとき以外は、世良に翻弄され尽くしていたからだ。

「ず……ずっと、ってわけじゃない。そういう雰囲気じゃ、なかったからだし」

「ふーん。まぁ、そういうことにしとくよ。でもよかった。悲愴《ひそう》な雰囲気背負ってたら、どうしようかと思ってたからさ。へたしたらメンタルケアも必要かなーと思ってたんだけど、意外と元気そうだよね。なんか見た目と違って案外肝が据わっているっていうか図太いっていうか……」

「ず……図太い……」

軽くショックを受けていると、治己は慌てて続けた。

「いまの褒め言葉だから！　それにほら、後からじわじわくるケースもあるんだし、なんかおかしいなって思ったら、遠慮なく言って。いまは気持ちとか頭とか整理が追いついてないだけって可能性もあるからさ。逃避の一種とか」

なにを言われても、生返事しかできなかった。

泉流の身に起きたことを事実のみ端的に並べていったら、かなり悲惨なことのはずだ。拉致され、恋人がいる身で犯され、監禁されている。相手はかつて好きだった相手で、しかも泉流のことなど覚えてもいない。

なのにあまり傷ついていないのはなぜなんだろう。自分でも思っていたことだが、他人の口から指摘されるとあらためて考え込んでしまう。かつての恋心が、すべてをプラスに転じようとでもしているのだろうか。

シチューを少し残した状態で皿を返すと、心配そうな顔をされてしまった。

「んー、とりあえず、後でおやつ持ってくるから、腹減ったら食べなよ？」

「……ああ」

「そんでもってー、とりあえず誤解っつーか事実誤認だけは正しておきたいんで、ちょっといい？　詳しい話は、世良さん帰ってきたら聞いて欲しいんだけど」

さっきまでのふざけた態度はなりを潜め、治己は真剣な顔になっている。そうやっていると、がらりと印象が変わり、自然と泉流も身構えてしまった。

毛布の端をつかむ手に力がこもった。

「一つだけ、教えとく。世良さんは基本、治療に金は取らないよ」

「え……」

「相手に金がありあまってれば、取ることもあるけど。それに気に入らない相手は、どんなに金積まれたってやらないし。あ、一つじゃなくなったね」

治己がへらりと笑みを浮かべると同時に、泉流は無意識に緊張を解いたが、視線は治己に向けたままじっと見つめていた。問うような目をし、いまの言葉の真偽を見きわめようと真剣だった。

「本当に？」

「うん。実際、俺がただで治してもらったんだから間違いない」

「え？」

「俺さ、施設出身なのね。んで、十五のときに具合悪くなって、運び込まれた病院で余命宣告されちゃったわけ。そしたら施設の先生とか友達とかが、センターに治療希望の届けを出してくれたんだけど、当然スルーでさ。や、一度は呼ばれたけど」

「はっ？　なんだよ、その当然とかスルーとかって。センターは……そりゃ、優先される人とか状況とかはあるけど、ちゃんと平等に治療してるはずだ」

「建前はね。けど、実際に俺みたいのは常に後まわしなんだよ。次から次へと、希望者は現れる。そのなかから、利益がある患者を選ぶようにできてるんだ。だって実際の申込数は、センターしか知らない。あなたは五百番目だから二年後です、って言われても、こっちは嘘だとも言えないじゃん。で、優先される人は口止めされた上で、こっそり治してもらえるってわけ。大統領みたいのは、さすがに隠しておけないけどね」

「まさか……」

「嘘じゃないよ。センターにいる協力者がそう言ってるんだ」

「けど、俺の母さんは治してもらえた」

泉流にとっての事実を突きつけて反論するが、治己はがんぜない子供を見るような目をするだけだった。たった一つしか違わないのに、まるで彼だけがずいぶんと大人のように思えてしまう。

「たまにはメリットがなくても治すよ、そりゃ。でなきゃセンターの掲げてる理念が嘘だってバレるじゃん。だからごくわずかでも実績は作っておくわけ。そのへんは運だよね。運がよければ、パフォーマンスの材料として治してもらえるんだ。あんたのお母さんの場合は、別の意図があったかもしれないけど」

「意図？」

「もし、事前にあんたがチャージャーだってことがわかったなら、治療はするよね。恩を売って、センターへの信頼を高めれば、囲い込めるじゃん。実際、あんた何年もあそこで搾り取られてたんだろ？」

「そんな……」

否定しようとした言葉は、喉に絡まったように出てこなかった。自分が狭い世界でのみ生きてきたことや、多くを知ろうとしなかったことは、いやというほどわかっていたからだ。

「センターに呼ばれて面接っていうか、係の人と話したろ？　そのとき、担当した人に意味もなく手を触られなかった？　俺の友達と先生も、話しながら手を握られてたよ。あのときは親身になってくれてんなーって思ってたけど、よく考えたら不自然だよね」

「…………」

あのとき担当したのは穂邑で、確かに話しながら手を握られた。だから泉流の力が見つかったわけだが、あれは偶然ではなかったと言うのだろうか。

余剰人員を出さないため、治療希望者と会って話を聞くことも、ヒーラーの仕事の一つと言われてきた。それを疑ったことはなかった。もし治己が言う通りだとしたら――。

「俺はね、結局すごい待つことになったんだ。もっと切羽詰まった人たちが大勢いるからって。ギリギリ生きてるかどうか、くらいの時期を言われてさ。それって順番待ちしてるあいだに死ぬの期待されてたんだよな。ま、俺は助けたところで利用価値もないから、仕方ないけど」

自嘲《じちょう》気味に言って治己は肩をすくめた。

過去のことだから笑って――たぶんに皮肉まじりだが――話せるのは、こうして生きているからなのだろうが、その当時の治己の絶望を思うと胸が痛んだ。もし泉流の母が同じように言われたら、泣き叫んでいたかもしれなかった。

「あんたが信じてるセンター……っていうか国はさ、本当はドロドロで汚いんだよ。世のため人のため、なんて言ったところで、優先するのは利益なんだ。俺はセンターに見捨てられた人たちから、そんな話をいくらでも聞いたよ」

同じようなことを世良にも言われた。そのときは反発心もあって聞く耳を持たなかったが、治己の口から語られると、ずしりと胸に響いてなにも言えなくなった。

「でも俺は運がよかったんだ。見放されて途方にくれてたら、友達が世良さんの噂を拾ってきて、必死にコンタクト取ってくれてさ。おかげで三ヵ月後には無事に完治して、こうして生きてる。だから俺は、世良さんのために動こうって決めたんだ。あんたにしたことは悪いことだってわかってるけど、俺はそれでも世良さんについてく」

胸がつきりと痛んだ気がしたが、泉流は気づかないふりをした。

迷いなく世良を慕い、肯定しようという治己は、おそらく穂邑を信じて好意を寄せる泉流とよく似ているのだろう。その気持ちを否定することはできない。だが泉流にとっての世良は、もう自分に害をなす人間になってしまったのを実感させられた。まして犯罪行為さえ肯定していいものか……と言われたら、よくわからなかった。

「納得できないのは当然だと思うよ。誘拐はともかく、無理矢理やっちゃったのはヤバいもんね」

「なに言ってんだよ。誘拐だってヤバいだろ」

「違うもーん。センターにだまされて利用されてるお姫様を救出したんだもーん」

「はぁ?」

「そしたらお姫様に一目惚《ひとめぼ》れした王様が、つい押し倒しちゃったっていうかー。まぁそんな感じと思ってくれれば」

「無理があるだろ、それ……」

「や、実はわりとマジで言ってみた。だってさ、あの人ってすっげーモテるから相手にはまったく不自由してないんだよ？　マメでもないし。だったら超好みだったか、一目惚れしちゃったか、じゃないかなーと思って」

「……そんなの、無理矢理やる理由にならない」

「確かにね。うん、じゃあ責任取らせればいいんだよ。キズモノにした以上、一生大事にしろーってさ。あの人、でろっでろに甘やかすタイプだよ。金持ちだし、ハンサムだし、エッチもうまいって話だし、超優良物件だと思うけどな。性格だって悪くはないよ。ちょっと露悪的なとこはあるし、面倒くさいとこもあるかもしれないけど、あんたとは相性よさそうな気がする」

一方的に話を進める治己には、ひとかけらの悪気もないようだった。それがベストな選択だと信じて疑わない顔をしていた。

泉流は溜め息しかでなかった。

「俺があんたにこんなこと言うのは間違ってると思うけど……世良さんのこと、嫌わないでやって。そんであの人を理解して、支えてやってよ。ちょっと排他的なのは確かだけど、一度懐《ふところ》に入れたら甘い人だよ。仲間のこと大事にしてくれる人だし」

「なに言って……」

「あんたなら、って思ったんだ。なんでかは自分でもわかんないけど」

「そんな、の……あんたでいいだろ。充分理解してるみたいだし、好きだろ？」

純粋に世良を慕えるのならば、そのほうがいいに決まっている。まして治己はすでに世良のために動いているのだ。なにも立場的に対立する泉流に託すことはない。

もしあのとき、母親を救ってくれたのがセンターではなく世良だったら、治己の場所には泉流がいたかもしれない。もし泉流がチャージャーでなかったとしたら——。

深く考えそうになって、すぐさま否定した。可能性をいくら考えたとしても無駄なことだ。治己が世良に出会えたのは熱心に彼を救う方法を模索してくれた友人がいたからであり、当時の泉流に同じ真似ができたかといえばまったく自信がなかった。なすすべもなく母親を亡くしていた可能性は大いにあった。

「世良さんのことはそりゃ好きだけどさ、それって尊敬だもん。パートナーになりたいわけじゃないし、そもそも対等っての無理だしさ」

「俺だって無理だ」

「そうかなぁ。恩がないからこそ、フラットな関係でいられるってのもありじゃない？　それにちょっと絆《ほだ》されてる気もするけどなぁ。世良さんのこと、嫌いじゃないでしょ？　いろいろと怒ってはいるみたいだけど」

「それは……」

「さっきも言ったけど、好きになって損はない人だと思うよ」

「悪いけど、恋人いるから」

いまとなっては自分の感情にいろいろと自信はないのだが、別れていないのだから泉流は穂邑の恋人のままだ。

だからこそ、泉流は世良を認めるわけにはいかなかった。本当だったら傷ついて、相手を憎むべきなのだ。

治己は心底驚いた顔をした。

「え、マジで？　それって男だよね？」

「……ノーコメント」

「うん、やっぱ男だよね」

「なんでそうなるんだよ」

「いや、なんとなく。さすがに初めて男にやられたら、精神的にもう少し来るかなーって思ってさ。あ、もしかして恋人とうまくいってないとか？」

「別に。なんでそんなこと訊くんだ？」

「恋人と離ればなれになった……みたいな雰囲気が全然ないから。結構さばさばしてるし、悲嘆に暮れるって感じでもないしさ。さっきも言ったけど、俺としてはね、あんたがめそめそ泣いてるか、茫然《ぼうぜん》としちゃって人形みたいになってるか……怯えて猫みたいにフーフー言ってるか……だと思ってたんだよ。でもどれも違ったじゃん。変に冷静だし、虚勢張ってる感じでもないし、世良さんのことも怖くないみたいだし。もしかしてとんでもなく鈍いとか、冷めてるとかなの？」

まるで期待外れだと言わんばかりの言いぐさだが、言葉に反して治己の目は興味深げにきらきらと輝いていた。

浅く溜め息をつき、泉流は口を開いた。

「泣いて叫んでなんとかなるなら、するけど」

「ほら、そういうとこ。もともとそういう性格？」

「どうかな。センターにいるあいだに、こうなったのかもね」

同年代の知り合いはおらず、周囲は大人で固められていたから、自然と落ち着いた態度を取るようになった。穂邑はともかく、ほかの者たちは泉流のことを道具か性的対象としか見ていなかったのも原因の一つだろう。だがセンターへの不満と取られかねないことなので、そのあたりは言わないことにした。

「無理矢理やられたわりに、平然としてるよね。だからてっきり好きになったのかなーって思ったんだけど」

「……男だし、別にそんなことでめそめそしないよ。痛い目にあわされたとか、ひどいこと言われたとか大勢に弄《もてあそ》ばれたとかいうなら、ともかく」

トラウマになるようなことはなにもされなかったのだ。会話はたいした緊張感もないまま続けられ、痛いどころか最初から最後まで気持ちがいいだけだった。なにより世良はけっして暴力的な言葉は口にしなかったし、ときおり労《いたわ》るような目を向けてきた。甘いと言われようと、泉流のなかで世良が最低最悪の人間にならなかったのはそのためだ。

「じゃあ好感度回復の見込みはあるんだな」

やたらと嬉しそうな治己を見ていたら水を差す気も失《う》せた。泉流はくるまった毛布ごと、ごろりとベッドに横たわった。昨日の疲労感はいまだに抜けきらず、座っているよりもこのほうが楽なのだった。

「寝る?」

「……そうだな」

「じゃあ、晩メシのときにまたな。あ、逃げだそうとか考えないほうがいいよ。絶対に無理だから」

「絶対なんだ?」

「窓開かないし、壊すのも無理だし、あんた腕っ節強くないみたいだから、隙《すき》を見て俺をどうこうすんのも無理だろ? 一応言っておくけど、俺ってガキの頃からケンカ慣れしてるからね」

にっこりと笑う顔には気負ったところなど微塵もなく、代わりに自信のほどが窺えた。少なくとも泉流が太刀《たち》打ちできないレベルなのは間違いなさそうだ。そもそも泉流は腕力にも体力にも自信がないし、ケンカなどしたこともないのだ。

「わかった。無駄なことはしない」

ひとまず態度だけでも従順さを示しておこうと思った。それにいまは身体を休めて体力を回復させる必要がある。

「世良さんは、夜までには帰ってくるはずだから。もしなにかあったら、そこにある内線使って。部屋にあるものは好きに使っていいから」

そう言い残し、治己は上機嫌で部屋を出て行った。

寝そべったまま室内を見まわし、ひとまずテレビをつけてみる。暇つぶしになりそうなものといえば、部屋の隅に積まれた数冊の本くらいしかないが、いまは立ち上がって取りに行くのも面倒だった。小さな冷蔵庫も見えるし、きっとなかには飲み物やちょっとした食べ物があるのだろうが、当面はベッドサイドに置かれたミネラルウォーターでこと足りそうだ。

テレビはチャンネル数だけは無駄に多いものの、こちらから外へアクセスする手段にはなり得なかった。期待はしていなかったので落胆することもなく、ニュースを求めてしばらくいろいろと見てまわった。

泉流に関わりがあるニュースといえば、大統領の術後経過がいいということくらいだった。

当然のことながら、泉流が行方不明となったことなどはまったく触れられていなかった。泉流の行方不明が事件と見なされたのか、それとも自主的な失踪《しっそう》と思われたのかもわからない。前者だとしたら、捜索は行われているのだろうか。あるいはセンターは泉流の存在ごと隠匿しようとするのだろうか。

細かなニュースを探してみたが、センターから未成年者が消えたという情報はどこにもなかった。

（報道なんか、されるわけないか……）

センターの隠蔽《いんぺい》体質はいまさらだ。まして大統領を迎え入れている最中に、トラブルがあったなど公表できるはずがない。内部にメディアが大勢入っていることを考えると、センター内の捜索はおおっぴらにはできないことだろう。

仕方ない。それが特殊な事情を抱えたセンターの有りようだ。正しいとは思っていないが、その点はとっくに諦めている。

テレビをつけたまま、あれやこれやと考えているうちに、泉流は眠りに落ちてしまっていた。気がついたときには、まどろみのなかで漂っている状態だった。半分意識が浮上しかけていて、頭を撫でられているのがたまらなく気持ちいい。

「ん……」

「そろそろメシだぞ」

「う、んー……？」

ぼんやりと目を開けると、呆れたような笑顔が見下ろしてきていた。

ああこの顔はよく知っている。ずっと泉流の心のなかにしまわれていた、きれいで大切な思い出だ。

頭から頬へと移った手に、泉流は目を細めながらすり寄った。

「猫か」

「ね……こ？　うん……ねこ、好き」

舌を少しもつれさせて言葉を返すと、ぷっと笑う気配がしたが、いまの泉流にはどうでもいいことだった。それよりもこの心地よさを手放したくなかった。

「俺もだ。とりあえず、ここにいるので満足だけどな」

ちゅ、っと音を立ててまぶたになにか柔らかなものを押しつけられ、びっくりして目が覚めた。

「うわっ……！」

慌てて後ろへ飛び退《すさ》ろうとするものの、毛布にくるまったままでは限界があり、ほんの十センチほど動いただけで終わった。

世良はなにもせず離れ、実に愉快そうな顔で泉流を見ていた。

「ただいま」

「あー……おかえり？」

つられて言葉を返しながら、泉流は首をかしげた。

「なんだその疑問形」

「いや、なんか……おかえりって言うのもおかしいかなって、途中で思ったから」

久しぶりに口にした言葉に戸惑いながら、照れくささをごまかすようにへらりと笑う。相変わらず暢気に会話してしまう自分が不思議でならなかった。

のそりと起き上がり、毛布を巻き直してベッドに座る。ようやく頭が冴《さ》えてきたようだ。

「あのさ、服欲しいんだけど」

「逃亡抑止の意味で却下だな」

「この部屋、外から鍵かかるんだろ？　パジャマとかでいいからさ、なんかくれよ。マッパで過ごすとか、ありえないって」

「便利でいいだろ」

「なにがだよ」

「脱がす手間がねぇ」

きっぱりと言い切られ、泉流は一瞬言葉をなくした。顔と声がいいせいで、ろくでもない台詞《せりふ》が格好良く聞こえてしまった。

「……いや、それはどうかと思うんだけど……」

「脱がすのも好きだけどな」

「あんたの趣味とかどうでもいいし。とにかく、服だよ服。外に行けないような服でもいいからさ」

全裸で食事をするのも毛布を引きずって歩きまわるのも、泉流には耐えられそうもない。短いあいだならばともかく、帰す気はないと言われているのだから、先のことを考えると少しでも待遇は改善しておきたい。もちろんゆくゆくはまともな服と靴を手に入れるつもりではいるが。

世良は少し考えて、小さく頷《うなず》いた。

「じゃあ、バスローブにでもするか」

「あー、それでいいよ」

妥協して泉流が大きく頷くと、世良はなにか用意することを約束してくれたので、ひとまずほっとした。

「で、あんたはどっか行ってたのか?」

「治療ついでに、ちょっと仕事をな」

「仕事……?　治すのが仕事じゃないの?　治し屋って、言ってただろ?」

「そりゃ看板ってやつだ。実際は仕事じゃねぇよ」

金は基本的に取らないのだと治己は言っていた。それが事実ならば、世良が仕事ではないと言い切ったのも頷ける。だがまだ鵜呑《うの》みにしたわけじゃなかった。

「さっき治己ってやつに聞いたんだけど、金取らないで治療してるって本当か？」

「べらべらと余計なことをしゃべったらしいな。まぁ、基本的には……そうだな」

「なんで？　そんなことするようなタイプに見えないんだけど」

「だろうな。まぁ、単なる自己満足だ。それに払えるやつには、払わせてるぞ。金はあっても、事情があってセンターに申し込みできない患者ってのはいるしな」

「……その言い方、金がないとセンターは治療してくれないってことだよな」

「納得できないんだろうが、事実だ。治己から聞いたんだろ？」

「聞いたけど……」

　言葉を濁し、泉流は俯《うつむ》いた。

　センターに対し、疑問や矛盾がいくつかあったのは事実だし、あえて目をつぶってきたことも事実だが、世良への不信感のほうがまだ圧倒的に強い。センターの実態とやらは、そのほとんどが世良や治己の口から語られたものであるのに対し、世良がしたことは事実として泉流の身に降りかかってきたからだ。

「詳しく知りたければ、資料をやる。海外からの客と、その前後に起きた変化についてまとめたやつだ。俺だけじゃなく、何十人っていう人間が調べてて、情報を交換しあってるんだよ。海外のやつらもいる」

国内外のメディアや個人から、センターの有りようが批難されていることは知っていた。だが詳しいことまでは耳に入れないできたのだ。

ここで拒否したらセンターを妄信していると笑われそうな気がして、泉流は頷いた。純粋に知りたいという気持ちもあった。

「後で持ってくるよ。読んだ上でまた感想を聞くが……とりあえず、いまはルキン大統領の件について、どう思ってるんだ？」

「特例だろ。世界への影響が大きすぎて、優先するしかなかったんだと思う」

「確かに。だが、それだけじゃない」

呟いただけで世良はなにも言わず、ただじっと泉流を見つめた。自分で考えてみろと言われているような気がした。

大統領を優先した、別の理由――。

「……大金積まれたとか？」

「今回は、そうじゃないな。直接金は動かねぇよ。ただし治療をきっかけに、二国間の関係は深くなるだろうって言われてる。経済協力は活発になるし、天然資源の輸入に関しても融通してもらえるそうだ。国としての見返りは充分もらえるわけだな。実は領土問題に関しても裏で話し合いは進んでいるって噂もある」

「それって……悪いことなのか？」

「別に悪くはねぇよ。ただどこまでいっても、センターは国のものだってことだ。国民のためってよりは、国のためだな」

「同じだろ？　経済にしても資源にしても、うまくいくならいいことじゃん。国のためになるってことは、国民のためになるだろ？」

「その利益を真っ当にまわせるならな。隅々まで、必要なところに必要なだけってのは、どだい無理なんだよ。結局は途中で搾取されて、一部の権力者がうまい汁を吸ったり、虚栄心を満たして終わる。国がヒーラーを抱え込んで、外交カードに使ったり莫大な裏金を集めてきたのは、いまに始まったことじゃないからな」

「え……」

「今回だけじゃねぇんだよ。日常的に、各国の要人の治療は行われてる。今回は隠しておけない相手だっただけでな。基本的にセンターは『特例』ばっかだからな。国はヒーラーを外交カードとしても使ってるんだ。自国民より、金を持ってる外国人が優先されるなんてことも、ざらだしな」

そんなはずはないという言葉は、どうしても出てこなかった。反論するだけの材料を泉流は持っていなかった。直接患者に会ったことはないから、どこの誰が治療を受けているかはまったく知らないのだ。ヒーラーにしても同様で、穂邑によると患者は顔がわからないようにされている場合がほとんどらしい。顔が見えなくても、外国人であることはわかるケースもあるはずだが、守秘義務があるために穂邑は泉流にさえ治療の詳細を語ったことはなかった。そのあたりも彼の真面目さが表れていた。

「国家間でトラブルがあれば、その国の人間は優先事項から外される。いろいろと理屈をつけちゃいるが、実際何度もやってきたことだ。たとえ人道的にどうだこうだって文句つけても、公開受付をやってるわけじゃねぇから、いくらでも言い逃れはできる。しれっと、自国民が優先……なんて返答してみたりな」

国民は都合よく使われていると世良はシニカルに笑う。ほかの優先事例のために後まわしにされたかと思えば、断るための口実に使われもする、ということだった。

「日本国民なら誰でも治療を受けられる……ってのは、まぁ嘘じゃない。だが国にとってメリットがないと判断された患者はな、順番待ちの名目で放置されるか、レベルの低いヒーラーを割り振られるんだ。重病患者をランクの低いヒーラーに治療させたところで、完治なんかしやしねぇ」

「嘘だ。だって俺の母さんはちゃんと治してもらえた！　かなりヤバい状態だったのに元気になって……結局事故で死んじゃったけど、それは関係ないし……」

せっかく救われた命は、二年後に事故で失われてしまったが、母親は病床から救ってくれた国とヒーラーには深く感謝していた。泉流だって同じ気持ちだ。

「そのへんも治己に聞いたんだろ？　おまえがチャージャーだとわかったせいだ。恩を売って、センターに忠誠を誓わせたかったからだ」

「そんなの信じない」

「信じたくない、だろ。まぁ、いいさ。少し話を変えようか。なんでヒーラーが国外に流出しないと思う？」

「何人か亡命してるよ」

「ここ十何年は、いねぇだろ。外へ言ったのは、初期だけだ。しかも戻ってきてる連中もいる。まさか愛国心だなんて言うつもりはねぇよな？」

「ちゃんと知ってるよ。公表されてることだし」

他国から日本にいる以上の好条件を出され、過去に何人かが日本を捨てている。だが彼らは何年もしないうちに力が弱くなり、ヒーラーとしての価値を失ったと聞いた。力の弱まり方は人それぞれだったので、弱いながらもまだ亡命先で治療を続けている者もいるようだが、半数近くは戻ってきて、センターでおとなしくしているという。

「公表するのは当然だな。亡命の牽制になるからな。とにかく、なんでだか知らねぇが、国外じゃだめなんだよ。行った国が、たまたま本人にあわなかったのか、ストレスかなんかが影響してんだかは知らねぇけどな」

「……空気とか水とかが関係してたりしないのかな」

「どうなんだかな。ヒーラーもチャージャーも、わかんねぇことばっかだぜ」

自らもそうなのに、まるで他人ごとのように突き放した言い方だった。あるいは自分のことだからこそ、もどかしさがあるのかもしれない。

「さっき調べてるみたいなこと言ってたけど……自分で？　ヒーラーなのに、積極的に動いてんの？」

泉流のなかでヒーラーのイメージというのは、センター内で大事にされているか、地下に潜って活動しているかのどちらかで、堂々と外を出歩いているという姿は想像できないのだ。その一方で世良に関しては、繁華街をふらふらしているのが一番似合いそうな気もしている。

「自分でも動くし、あちこちにいる協力者から情報をもらったりするな。俺の仕事は、医療ジャーナリストなんでね」

「は……？」

思いがけない話が出てきて、泉流はきょとんとした。その仕事に関してならば、少しは知っていた。センターには常にそういった者たちが取材を申し込んできており、いない日はないとまで言われているのだ。彼らは謎に包まれたヒーラーについて、かなり突っ込んだ取材をしていると聞く。センターの外ではその活動がさらに活発で、彼らによって実態を暴かれた組織もあるらしい。

そのジャーナリスト自身がヒーラーとは驚きだ。あるいは隠れ蓑《みの》として有効なのかもしれなかった。

「あ……そうか。あのときはジャーナリストとしてセンターにいたのか」

「ああ。実は昨日も行ってるし、今日も顔を出してきたぜ。急に行かなくなったら、怪しまれるしな」

世良はもう何年も前からセンターに出入りしてるし、いくつか記事も書いたというが、基本スタンスとして、いつか一冊の本にする……と嘯《うそぶ》いているらしい。そういう輩《やから》は大勢いて、実際にノンフィクション作家になれる者はまれなので、元から本にする気がない世良にはちょうどいいという。

「センターに行ったのか……様子、どうだった?」

「特に変わらねぇな。メディアも少し減ってる。後は大統領の退院にあわせて、集まってくるって感じか」

「そうじゃなくて、俺のほう。わかってるくせにとぼけるなよ」

ムッとして睨み付けるが、世良は楽しげに目を細めるだけで微塵もダメージを受けていなかった。彼にとって泉流の反撃などは、猫がじゃれついてくるようなものなのだ。

「あからさまに厳しくなってはいるな。出入りのチェックも厳しくなったし、なにか気づいたことはないか……とも訊かれた。警戒を強めるって名目で、敷地内をうろうろする人間も増えたな。一応、匿名の脅迫電話があった……ってことにしたらしいぞ。いたずらだろうが、念のためって言えば、多少のことはごまかせるからな」

「そっか……」

「知り合いにずっと泊まり込んでるやつがいるんだが、あの夜は落ち着かない雰囲気だったらしいぞ。ちょうど治療の日だったたし、脅迫電話って線は疑ってないみたいだな。なにしろ超が付く大物がいるからな」

むしろ脅迫電話くらいしかなくて拍子抜けだとその知り合いは言っていたらしい。いったいなにを期待しているのだと問いただしたい気分になる。

「やっぱ隠しておくんだな」

「時期が悪いだろ。まぁ、それを狙ってやったんだけどな。大統領の件は、俺にとっちゃ願ったりだった。センター……っていうか、国が本格的に動くのは、大統領が帰国してからになるだろうな」

「遅いよね」

乾いた笑いがこぼれてしまう。時間がたてばたつだけ、消えた泉流を見つけ出すことは難しくなるだろう。その程度のことは素人にでもわかる。そしてセンターが泉流を捜す気があるのかも、よくわからなかった。

「大統領が帰る週明けには、共同インタビューの予定が入ってる。大統領の治療を担当したヒーラーにな。何百ってメディアがいるのに、たった一時間だぜ。足りねぇっての」

ぶつぶつ文句を言い始める世良に、臆《おく》したところはまったくない。無登録のヒーラーという身で、堂々とセンターに出入りしているというのは、泉流なら考えられないことだ。肝が据わっていると言おうか、センターを舐めていると言おうか。

「行くんだ？　そのインタビュー」

「当然だろ。仕事はしねぇとな」

「ふーん……その医療ジャーナリストって、ヒーラーになってから？」

出会ったときの彼は、すでにいまの仕事をしていたのだろうかと思い、そのまま問いかけてみる。すると短く肯定があった。

「俺が力を自覚したのは、大学生のときだ。これでも一応医学部の学生だったんだぜ。医者にはならなかったけどな。資格もねぇし」

「力って、急に？」

「ああ。ヒーラーのほとんどがそうらしいな。何人ものヒーラーに、インタビューをしてるが、きっかけがあったって答えたやつはいなかったよ」

「インタビューって、センターの？」

「センターのヒーラーがほとんどだな。組織のヒーラーも、何人か」

「それって直接？」

「センターの場合は、それ用の部屋があるからな。組織の場合は電話だ。顔どころか姿も見せねぇし、声も加工してあるから、本物かどうかも定かじゃないんだが……」

だから世には誤情報が流れている可能性もあるという。特にセンターの場合は、口裏をあわせている可能性もあるからだ。

「おまえは大統領を担当したヒーラーを知ってるんだよな。それとも向こうは覆面でもして、手だけよこすのか？」

「そういうわけじゃないけど……だいたい個人情報は伏せられてるから知らないよ。ＩＤカードの名前が本当かどうかも知らないし」

「おまえは本名だろ？　ちょっと調べさせたら、すぐそれらしいのが出てきたよ。お袋さんの名前、美由紀《みゆき》ってんだろ？」

その通りだったから、泉流は顔をしかめた。この国ではもう何十年も前から個人情報の管理が厳しくなっていて、世良が言うように「ちょっと」調べたくらいでは、たどり着けないはずなのだ。

「知ってる住所が出てきて、笑いそうになったけどな」

「は……？」

「いや、おまえがお袋と住んでたアパートな。わりと近くに、当時の彼女が住んでたんだよ。だから何回か行ったことがあってさ」

「……ああ」

だからあの出会いがあったのかと納得した。外へ出るたびに気にしていたのに、とうとう見かけることがなかったのは、彼が近くに住んでいたわけではなかったせいなのだ。

ふいに懐かしさがこみ上げてきて、思わず表情を和らげた。

「お袋さんと二年くらいセンターで暮らしたのか」

「うん。その頃が、一番楽しかったかな」

母親がいて、生活の保障はしてもらえて、子供だったから周囲もいまほど事務的ではなかった。そして穂邑が兄のようにいろいろと面倒を見てくれたから、まるで三人家族になったような気になったものだった。

「恋人がいるって言ってたよな。そいつとは、どうなんだ？」

「どうって？」

穂邑のことは変わらず好きだ。あの殺伐としたセンターにおいて、唯一のよりどころだったのだから。

「会いたいか」

「当たり前だろ」

「そのわりに、恋人を想うときの色気みたいのが感じられねぇんだよな」

「そんなの、俺に色気とか期待するほうが間違ってる」

「心配すんな。色気なら昨日たっぷり見せてもらったぜ。期待以上だった。ただな、おまえが恋人の話をするときって、なんていうか……親愛の情みたいなもんしか感じねぇんだよ。

感覚的なもんだから、うまく言えねぇけどさ」

「うーん……それは心配が前面に出ちゃってるからじゃないのか？」

甘い感情や熱っぽい想いは確かに含まれていないだろう。それよりも穂邑の立場への懸念のほうがずっと強いのだから。

彼がいままでと同じように生きていけるのならば、泉流の憂いはない。たとえば二度と会えないとしても、彼が幸せであればいいと思うのだ。不思議とそこにせつなさはなかった。

「心配？　なんでだ？」

「あー……うん、その……俺の保護者的な感じでもあったからさ。監督責任とか、問われたらどうしようかなって。俺としては、出奔って思われるのが困るんだよ。あ、そうだ。犯行声明出してくれない？」

「おまえな……」

深い溜め息をつかれてしまったが、泉流はいたって本気だった。

「だって俺が連絡するのはだめなんだろ？」

「治己がおまえを天然って言った意味がわかったわ」

「えーなんでだよ」

「なんつーか……ポジティブなのか投げやりなのか、よくわからねぇな。ま、おもしろいからいいか。めそめそしたやつ相手じゃ、気が滅入るしな」

「母さんが死んだとき以上のショックなんかないよ」

自分のことは比較的どうでもいいのだ。相手の態度に腹が立ったり傷ついたりはするが、すぐに忘れるようにしているし、相手に対して好意さえなければそう気になることでもない。昔からそういった部分があったが、ここ数年でますますその傾向は強くなった気がした。あるいはそれも、泉流の自己防衛なのかもしれないが。

「だから、いまは『恋人』の心配が最優先」

「ふーん……」

気のない返事をする世良をよそに、泉流の意識は穂邑へと向かっていた。平穏であってくれという、祈りにも似た気持ちだった。

気がつくと、すぐ近くに世良が来ていた。物思いにふけっていた泉流は、いきなり抱き寄せられ腕のなかに毛布ごと捉えられてから、ようやく我に返ったのだった。

「は、え……？」

「空っぽなんで、フルチャージ希望」

「ちょっ……ちょっと待った……！　さっきメシとか言ってなかったっけ？　あれ、気のせい？　夢？」

「言ったが、別に後でもいいだろ？　どうせさっきまで寝てたんだし」

「無理、無理っ」

じたばたと暴れても腕から逃れることはできず、毛布の隙間から手を差し込まれ、腿から腰へと撫で上げられた。

ひやりとした手に、びくっと身体が震えた。

「メシの前に一回ですませるのと、メシの後で少し休んで無制限と、どっちがいい?」

「……前……」

ほとんど迷うことなく泉流は答えていた。本当は両方拒みたかったが、それが無理なことはわかっていた。どうせこの男は引くことをしないだろう。

無駄な抵抗は体力と気力を削《そ》ぐだけだと思い直し、諦めとともに身体の力を抜いた。

「いい子だ」

甘い声で囁かれ、胸の奥が騒ぎ出すのを感じる。

強引で勝手で、泉流の意思なんて無視するくせに、視線も口調も、触れている指や唇も、ひどく優しくて困ってしまう。

まるで大切にされているような錯覚をしてしまいそうになる。

世良の目的は、効率的な力の搾取だというのに。その源として、そこそこ丁重に扱われているというだけなのに。

だって互いにまだ名前で呼び合ってもいない。

「どうした?」

「なんでも……早く、終わんないかなと思って」

「悪いな。美味《うま》いものほどゆっくり食う質《たち》だ」

俯いていた顔を指先一つで上げさせられたかと思うと、視線をあわせる間もなく唇を塞がれた。

絡みつく舌に官能の火をつけられ、巧みな指先で快感を煽《あお》られて、力を流し込む準備をさせられる。

みっともないほどに喘ぎながら、やがて泉流も世良を求めて縋り付いた。

高められていく熱に抗うすべは、どこにもなかった。

ここへ来てからというもの、すっかり昼寝が日課となってしまった。

朝だって九時過ぎ、日によっては十時過ぎまで寝ているのに、ブランチを取ってからテレビを見たり本や資料を読んだりしているうちにまた眠くなり、夕方には眠りに落ちてしまうのだ。

今日もそうだった。眠る気はなかったのに、気がつけば外は真っ暗だった。枕の横には、目を通していた本——ヒーラーや元患者へのインタビュー、病状とその後について書かれたものが落ちている。

「あー、また寝ちゃったか」

「呆《あき》れるほどよく寝るやつだよな。そういうところも猫みたいじゃねぇか」

本を拾おうとした手が、思いがけない声にぴたりと止まった。顔を向けると、食事をするときに座る椅子に、世良《せら》が脚を組んで座っていた。気配を殺していたらしい。

「なんだ、いたのか」

「ちょっと前にな」

「起こせばいいだろ」

「寝顔を見てるのも悪くなかった」

「趣味悪いなー」

憎まれ口をきいて身体《からだ》を起こし、そのまま足を床に下ろした。相変わらず靴はくれないが、服は与えられるようになった。ただし本当に外出できないようなものばかりで、服と言えないものも含まれている。

いま着ているのは、泉流《いずる》の膝下《ひざした》まで丈がある白いシャツだ。パジャマの一種なのだが、ズボンがないのだ。これが色違いで二種——白とストライプあり、ほかはブロックチェックの膝丈のコットンシャツと、宣言通りの薄手のバスローブがある。そしてなぜかワンピースなんだかドレスなんだかよくわからないものが二セット与えられた。一つはカントリー調のフリルとレースがふんだんに使われたもので、もう一つは黒と白を使ったやはりふりふりしたものだった。これは治己《はるき》とその友人である哲《てつ》が、どこぞの古着屋で見つけて買い叩《たた》いてきたものらしい。世良以上に趣味を疑った。

とにかく実質的には四パターンしか着るものがないのだった。

「あれ、着ねぇのか」

「着るわけないだろ。あいつらなに？　なんで俺に女装させようとすんの？」

「さぁ」

「チェックのやつだって、なんかワンピースっぽいぞ。ウエストんとこヒモついてるし、少し裾《すそ》広がってるし」

「問題ねぇだろ。似合ってたし」

笑っているし、冗談めかした口調なのだが、どうやら本気らしいので泉流は笑えなかった。

どうやら彼らと泉流では遊びの感覚が違うようだ。

「ぜんっぜん嬉《うれ》しくないんだけど」

「だからチェックはあんまり着ねぇのか」

「まぁね」

顔をしかめて本を手に取り、読んでいたあたりにしおりを入れてベッドに戻した。時計をみればそろそろ夕食の時間だった。

「あわせが逆だってことに言うまで気づかないあたりが、らしいよな」

「うるさいな。あんたから、あいつらに注意しとけよな。悪意がないってわかるだけに質《たち》が悪いんだよ。アダルトグッズとか当たり前のように買ってくるのもなんとかしろ」

「ジョークだろ」

「それが質悪いって言ってんの」

どんな顔をして買っているのか知らないが、数種類のおとなのオモチャが泉流の部屋の片隅には置いてある。直接見たくないので大きな袋にまとめて入れてあるのだ。用途に関しては、二人がいちいち教えてくれるので、知りたくもないのに知ってしまった。

幸いなことに、世良が使う気はないと言い切ったので、ただのジョークグッズとなっているが。

「まぁ、あれだ。好意のいたずらってやつだな」

「迷惑な……」

「後はおまえの反応がおもしろいんだろ」

幼なじみ二人組は泉流より一つ年上だというのに、まるで子供のようには悪ふざけをしてはしゃぐことがある。真面目に話せばむしろ大人びているのに、普段は中学生——しかも上がり立てレベルの振る舞いなのだ。

彼らが毎日楽しそうなのは、きっと生きていることを実感しているからだ。最近になってそう思うようになった。治己の身の上話を聞いたのでなおさら強くそう思うのだろう。

「いつ見ても元気だよな。仲いいし」

「幼なじみだしな」

「ああいう関係って、いいよな」

「なんだ、寂しいのか？　おまえ、友達いないんだっけか」

「センターにはそういう雰囲気なかったんだからしょうがないだろ。昔の友達とは、センターに行ってから音信不通だし」

センターには同年代もいるにはいたが、ヒーラーとは穂邑を除いて個人的な接触はできなかったし、同じチャージャーとは引き離されていた。おそらく情報交換をさせたくなかったのだろう。待遇の差が不満に繋《つな》がることを恐れたからだろうと世良は言っていた。それ以外の同年代はセンター職員の家族になるが、彼らとまったく違う場所で生活しているので、一度も見かけたことはなかった。そして外の知り合いと連絡を取らないよう誘導されていたのも、情報漏洩《ろうえい》を恐れてのことなのだろう。

冷静に考えれば、義務教育中の少年を隔離していたこと自体が異常なのだ。秘密の保持と能力者の独占のためには、一人の子供を真っ当に育てることなど些末《さまつ》に過ぎないとでも言わんばかりだ。

「あいつらとは友達になれないか？」

「……監禁されてるうちは無理かなぁ」

「もっともだな」

皮肉を言ったつもりはないし、世良も承知だろう。緊張感のなさは日を追うごとにますます顕著になっていき、泉流は実にのびのびと暮らしている。世良や治己たちのおかげか、部屋からほとんど出ていないのに毎日が刺激的だ。一人でいるあいだはずっと新しい知識を得るのに忙しく、退屈しているひまもない。

「それはそうとさ、なにか変化あった？」

「特にないな。センターも静かなもんだ」

「ふぅん」

泉流が攫《さら》ってこられてから、そろそろ一ヵ月近くたつ。大統領はとっくに帰国し担当したヒーラー――つまりは須田《すだ》のインタビューも終わった。須田はボイスチェンジャーを使ってインタビューに答えたらしく、ある記者のぶしつけな質問には気色《けしき》ばむ場面もあったようだが、概《おおむ》ね機嫌がよく饒舌《じょうぜつ》だったらしい。

大統領を救ったヒーラーという事実と、個人で海外を含むメディアにインタビューされるという事態は、彼の虚栄心を相当満足させたことだろう。

「俺のこと捜してるっぽい？」

「ああ」

すでに世良のところにも、センターから聞き込み調査が入った。あの日、センターに入った人間は残らず調査対象になったようだ。もちろん何百人という職員とその関係者も対象に含まれているので、現時点では懸念事項ではないらしい。

「一番疑われてるのは、ルキン大統領の周辺だしな」

「工作員連れてきて、拉致《らち》させた……みたいな感じ？」

「そうだ」

「ま、いかにもありそうだよね。あそこの工作員なら、それくらいパパッとやっちゃいそうな気がするもんな」

あくまでイメージだが、この国よりも諜報活動や各種の工作に長《た》けているのは間違いない。世良はきっとそのあたりも計算のうちだったのだろうが、当の本人に言わせれば尻尾《しっぽ》をつかまれるのも時間の問題らしい。

スリッパを差し出され、泉流はベッドから立ち上がった。そして世良に手を引かれて部屋を出た。

泉流がこの部屋から最初に出してもらったのは、攫われてきて四日目のことだった。丸二日意識がなかったことを考えると、驚くほど早い対応だったと言える。

外も見えない嵌《は》め殺しの窓のみの部屋ではなく、上の階にある世良の部屋に泉流は移されたのだ。ただし世良が一緒のときだけで、それ以外は元の部屋に閉じ込められるのだが。

部屋から出ると、すぐに階段が見える。スリッパをぱたぱたと鳴らしながら一階に上がるとキッチンとダイニング、そしてリビングがあり、治己の友人・哲がコミック雑誌を読みながらくつろいでいた。

「またそれー？　なんでゴスロリ着てくれないんすか」

「あれはおまえの趣味かよ」

泉流は盛大に顔をしかめ、軽く哲を睨《にら》み付けた。見た目はさわやかで清潔感あふれるスポーツマンふうなのに、この青年も口を開くと台無しのタイプなのだ。

「ひらひらでふわふわのほうは治己の趣味っすよ。いや絶対可愛《かわい》いって、ゴスロリ。泉流くんに似合うはず」

「寝言は寝てから言えよ」

「せっかくガーターベルトまで用意したのに……」

「その前にもっとまともな服をよこせ。つーか、下！　ボトム！　ズボン！」

常に脚が剝《む》き出しの状態で早一ヵ月だ。最初は心許《こころもと》なかったが、そのあたりはとっくに慣れてしまい、それがまた泉流にとっては複雑なところなのだ。

「パンツあげたからいいじゃないすか。ヒモパンはいやだとかワガママ言うから、ちゃんと普通のボクサーにしたげたのに」

「それってワガママかっ？」

むしろ当然の主張のはずだと泉流は声を張った。治己といい哲といい、泉流をどうしたいのだろうか。

隣で世良は声を殺して笑っていた。

「えー、ヒモパンいいよー。エロいし、しゅるっとやったら、すぐやれるし」

「黙れ変態」

泉流はそう吐き捨てて、世良の手を引いた。立場が完全に逆だが、一秒でも早く出たかったのだ。

「異議ありー！　そんなの一般論の範囲っすよ」

背後で哲が不満そうに反論し続けるのを無視し、世良とともに部屋を出た。

「楽しそうだな」

「どこがだよ。楽しんでるのはあんただろ。それより、メシの支度してる気配なかったけど」

「治己が買いに行ってる。寿司が食いたいって言ったんだろ？」

「え……マジで？」

雑談のついでに食べたいものを訊《き》かれたので、正直に寿司と答えたのだ。センターに入ってからは食べたことがなかったので、なんとなく言ってみただけだった。

二階へ上がると、四十平米ほどの広い部屋があり、そこが世良の寝室兼書斎だ。分けるのは面倒だったらしいが、資料部屋が別にあるのだから、かえって面倒なのではないかと泉流は思っている。

大きな窓からは、小さな中庭――というよりは吹き抜けに近いものが見える。常緑樹が植えられていて、二階の窓からはほとんど枝と葉しか見えないが、昼間はそれなりに日が差し込むので気持ちがいい。外が見えないと精神衛生上よくないだろうと世良が言い出し、一緒のときはここへ連れてきてくれるのだ。泉流がさっきまでいた部屋は地下室にあたり、窓の外が明るかったのは、地下の半分あたりまで掘り下げられているからだ。

地上二階、地下一階のここは、一応集合住宅の形になっているが、実質的には一軒家と言ってもいい。エントランスは一軒家のように住人しか入れないようになっているし、住人はすべて世良の協力者なので、泉流を含めた四人は下宿のような、あるいはシェアハウスのような生活をしているのだ。そして建物のオーナーは世良で、泉流が知らない秘密があちこちにあるらしい。ちなみに住人はほかに二人いるようだが、戻らないことも多いらしく、いまだに会ったことはなかった。

立地についても知らされていないが、人が多くて賑《にぎ》わっていながら、マンションやアパートも相当数ある地域だと聞いた。家賃相場でいえば中の中というあたりで、きわめて一般的な生活をしているように見えるのが狙いらしい。

大きなベッドに倒れ込むようにして寝そべると、世良は呆れた顔をした。

「また寝るのか」

「疲れてんだよ、ものすごく。誰かさんのせいで」

「へぇ」

まるで自分は無関係のような態度を取る世良だが、誰かさんは間違いなく彼のことであり、本人も十二分に承知しているはずだ。にもかかわらず空とぼけているのは、泉流との言葉遊びを楽しむためだった。

「あんたは元気だよね。毎日毎日あんだけ人を好き勝手しといて、昼間は普通に仕事しに行ったり治療したり……実はあんたって五、六人くらいいるんじゃないか?」

「お、珍しく核心に迫ることを言ったな」

「は?」

「俺が何人もいるってやつ」

「……なに言ってんの」

冗談にしても馬鹿馬鹿しくて笑えない。からかうにしても、もう少しマシな言葉尻を拾って欲しいものだ。実は五つ子だとか六つ子だとかいう話じゃないだろうなと思いながら、泉流は大きな溜《た》め息《いき》をついた。

「真面目な話だぞ。治し屋としての、俺のことだ」

「どういうこと？」

「もともと俺は回復が早いほうだったんだ。四十日前後ってのは、結構なもんだろ？」

「結構っていうか、かなり早いよ、それ」

泉流が聞いた限りでは、一番早い者でも一ヵ月強だった。センターの記録でも、それ以上短いという報告はなかったはずだ。

「だろ？　だから、それを利用して、もともと看板を六つ掲げてたわけだ。あんまり早すぎると目立つし、分散したほうが俺にたどり着きにくくなるからな」

「六つも……」

それぞれ窓口が違い、別人を装っているので、治療の際は直接顔や声がわからないように工夫をしているらしい。

納得しかけて、はたと気がついた。

世良は毎日のように泉流を抱く。厳密には毎日ではないのだが、週に一度しない日があるかないかという程度なので、世良はほぼ毎日、ヒーラーとしてベストな状態を保っているということになる。

「なんかおかしいぞ。六人のヒーラーがそれぞれ週一で治療できちゃうくらいの状態だよな。でもあんたのことだから、そんな足が付きそうな真似しないよな？」

「しないな」

「だったらなんで毎日空っぽにして帰ってくんの？」

問いかけに答えることなく世良は窓を開け、外の空気をなかへ入れた。小さな中庭は屋根の代わりにメッシュパネルが張られていて、光と空気は通すが侵入はできないようになっている。そこそこ近くを走っているらしい電車の音も聞こえてくるほどだから、大きな声を出せば周辺にも聞こえるだろうが、泉流にその気はなかった。簡単に窓を開ける世良がなにを考えているのかは、よくわからなかったが。

冷たい空気が入ってきて、季節の移り変わりを感じさせる。さすがに寒いと抗議したら、すぐに窓を閉めてくれた。

そうして泉流に向き直った。

「完治させる以外にも、使いどころってのはあるんだよ」

「使いどころって？」

「重病患者のなかには、いまだにヒーラーを信用していない者も多い。得体の知れないものを受け入れられないってわけだな」

世良の言葉に泉流は頷《うなず》く。少しずつ減ってはいるものの、そういう人もまだ相当数いることは聞いていた。従来の医療に関《かか》わる人たちが、立場上否定する場合もあると聞いた。

そう考えていたら、真っ向からそれを否定されるようなことを言われた。

「知り合いの医者に頼まれて、こっそり手を貸したりしてるんだよ」

「は？　こっそり？」

「たとえば、手の施しようがないとこまで病状が進んでた場合なんかに、手術や先進医療でも回復可能なところまで俺が治したりする。もちろん本人に告知する前に、こっそりな。で、再検査って形で患部を撮り直して、大丈夫です治ります……って、しれっと言うわけだ」

「……はぁ」

「その程度なら、一日に二人とか三人とか治療できるしな」

考えてもいなかった使い方に、ほうけた返事しかできなかった。そういった形で、補助的にヒーラーが治療するケースはよくあるのだが、能力の低いヒーラーがすることであり、完治可能な能力者がすることではないのだ。少なくともセンターにはそういった使い方をしたケースはなかったはずだ。

こんなことまで教えるということは、本当に泉流を帰さないつもりらしい。信頼されているのか舐《な》められているのかよくわからないが、いずれにしても泉流には逃げる気も、大声を上げる気もなかった。センターに戻るという意思はいまだにあるが、それはこの家に踏み込まれるという形で成されても困るのだ。戻るのであれば、彼らと無関係という状況を作らなければと思っているし、それでセンターに戻されたとしても、さっきの話を他言することはないだろう。

そう、世良をセンターの管理下に置いてはだめだ。彼のおかげで、多くの人たちが助かっている。センターにはセンターのやり方があり、世良には世良のやり方があるのだ。金儲《もう》けのために動いているほかのヒーラーたちまで庇《かば》うつもりはないが、少なくとも世良の考えとやり方を否定するつもりはなかった。

「あんたって、すごいよな……」

力が強いというだけではなく、使い方がうまいような気がするのだ。泉流も何度か症状を軽減してもらったことがあるので、その微妙なコントロールはよくわかっている。

「お、やっとわかったか。惚《ほ》れ直したか？」

冗談めかした言葉に、内心ドキッとした。とっさにごまかそうとしたが、見透かすような目をする世良を見て、すぐに諦《あきら》めて溜め息をついた。

「直す以前に、たぶん惚れてないと思うんだけど」

「たぶんなのか」

「うーん……。いまちょっとドキッとしたから、一応たぶんにしとく。だってさ、あんたって無駄に見た目いいし、わりと優しいし、一緒にいて気が楽だし、毎日えっちしてるだろ。

しかもなんか、うまいみたいだから俺もすげー気持ちいいしさ。いろいろ錯覚しても不思議じゃないと思うんだ」

「おまえ……正直すぎて萎《な》えるわ……」

苦笑されることでもないと泉流は思うのだが、世良に言わせると、なんでも思ったことを言えばいいというものではないらしい。

「こういうのって黙っておくもの？」

「恋愛ってのは、プロセスも大事だろうが。相手の気持ちがはっきり見えない楽しみってい うか、ドキドキ感ってもんがあってだな。途中経過を報告されるのは、微妙だぞ。こっちは観察してんじゃねぇんだ」

「いや、だってそのくらい、わかってんのかと思ってたから」

意味ありげに余裕の笑みを浮かべていたように見えたのは、泉流の気のせいだったのだろうか。それともはったりだったのか。

納得できなくて眉根《まゆね》を寄せていると、さらに笑みを深くされた。今度は仕方なさそうな、あるいは出来の悪い子供を見るような目だった。

「だからさ、相手がわかってんなーと思っても、そこは黙っとくもんだろ。俺の言葉にドキッとしつつ、憎まれ口の一つでも叩けよ」

「なにそれ。あんた俺になに期待してんの？」

そんな駆け引きじみたものを泉流に求められても困るというものだ。人付き合いにすらまだ慣れていないのだから、恋愛の駆け引きなど高度すぎて無理だ。

「じわじわ俺に落ちてきて、最終的には心身ともに俺のものになって、俺から離れたくねぇって感じになればいいなと」

「はー、心身ともに……ねぇ。まあ、身体はとっくにあんたの所有物だもんな。おかげでつらいんだけど」

力が余っているときは世良を受け入れる場所を癒《い》やしてくれるのだが、大抵疲労感を取るまでは至らないのだ。世良にとっては、結合部分が腫《は》れたり痛んだりしないことのほうが大事らしい。

「毎回いきまくってるからな。おまけに力まで吸い取られてるし」

「……それは疲労感とは関係ないけどさ。気持ちいいけど、つらいんだよ。つーか、気持ちよすぎて、あとがつらいのか？」

過去の供給で倦怠《けんたい》感や疲労感が生じたことは一度もなかった。だから疲れているのはセックスのせいだ。この程度の情報ならばいいかと世良に教えると、ふーんと気のない反応を示された。

怪訝《けげん》に思って眉をひそめていると、世良は少し躊躇《ちゅうちょ》するような間《ま》を置き、小さく嘆息してから言った。

「粘膜接触で力を流す場合は、関係すると思うぞ」

「は？　なんでそんなことわかるんだよ」

「おまえのいきっぷりと、力の供給量とか質が無関係じゃないからだ。一度にドバッと来るだけじゃねぇんだよ、セックスしながらだとな」

渡している――というよりは吸い取られている泉流にはわからないことだった。だが受け取るほうには大きな違いがあるようだ。

果たしてそれは世良だけが感じることなのだろうか。流れる量と質が違うことは、穂邑《ほむら》にはわからなかったのか、それとも彼には効果的ではなかったのか。

泉流は大きなピローを抱きしめ、少し考え込んだ。考えに入り込むあまり、うつぶせになって無意識に足をパタパタと動かしていると、笑い声が聞こえた。

「子供か、おまえは」

「えー？」

「違和感がないのが不思議だよな」

「俺なんか不思議なことだらけで頭パンクしそうだよ」

泉流には疑問や疑念がいくつもあるが、不思議さで言えば間違いなく世良に絡むことが一番多い。そのなかには自らの気持ちも含まれていた。

「なにが不思議なんだ？」

「いまの話もだけど、自分の気持ちとか、いろいろ」

「へぇ」

世良はベッドに腰かけ、手を伸ばして泉流の髪を梳《す》く。

この手はとても気持ちがよくて、つい目を細めてしまう。それを猫のようだと笑われるのはいつものことだった。

油断するとまたうとうとしそうなので、自分から積極的に会話を続けることにした。最近では食事の前に手を出してくるようなことはないから安心だ。セックスはこの部屋で、食事と風呂をすませてから……というのが習慣になりつつある。

「話は戻るけどさ、やりながらだとイイのか？」

「関係ねぇよ。別に力流れてきたって、それ自体が快感ってわけじゃねぇ」

「あ、違うの？」

「まったくな。でなきゃ、二回も三回もやるわけねぇだろ。一回目が終わる頃には、おまえの力は空っぽなんだからさ」

「……そっか」

もし力の流れが快楽と関係あるのなら、空になってからのセックスは実に物足りないものになってしまうだろう。最初の快楽が強烈ならば、なおさらだ。

思わず納得していると、耳元で世良は囁《ささや》いた。

「いいのは、おまえだからだ。おまえとのセックスだから、俺もあれだけ盛ってんだ」

「え……」

泉流は眉根を寄せ、顔を上げた世良をまじまじと見つめた。

いまのは愛の言葉じゃない。身体がいいと、あるいは相性がいいと言われたに過ぎない。

それでも力だけを目的に抱かれているよりはずっとマシのような気がした。

「えーと……俺とするのが気持ちいいから、俺を落として弄《もてあそ》んじゃおうってこと?」

「どうしてそうなる」

「だってさ……」

「俺が本気だとはまったく思ってないんだな」

「だって好きって言われてないし」

「ああ……そういうやつだったよな……」

世良はなぜか急に遠い目をして、ぶつぶつ言い始めた。面倒くさいだとか、これだからガキはだとか、ずいぶんと失礼なことを言われたが、いまさらなので気にしなかった。

それよりも世良の真意が気になった。

「まさかの本気?」

「そんな訊きかたされたら肯定したくなくなるだろうが」

「それって……」

言いかけた口は大きな手のひらで塞《ふさ》がれた。見つめ下ろしてくる顔は苦笑まじりだが茶化《ちゃか》しているようなものではなかった。

カッと顔が赤くなるのを見て、世良は満足そうに口の端を上げた。だがそれだけだった。

直後にノックが聞こえ、治己が寿司を持って現れた。後ろからは吸い物の椀《わん》をトレイに載せて哲がついてきた。

「特上が四人前とー、ちょいちょいお好み入れてもらったー。泉流くんが好きだっていうから、マグロとイクラ多めだよ」

「ありがと！」

世良の手を振り払わんばかりに勢いよく飛び起きると、「色気より食い気か」と世良が呟《つぶや》いた。当然耳には入っていなかった。

「ここで食うのかよ」

「たまにはいっかなーって」

折りたたみのテーブルまで持ってきた二人はてきぱきと用意をし、あっという間に四人で囲む夕食の準備が整った。鍋や大皿をつつくときは集まって食べることもあるが、この部屋でというのは初めてだった。

そしてこんなに大勢で食事をした経験は、ここに来るまではなかった。父親を早くに亡くした泉流はずっと母親と二人暮らしだったし、センターに入ってからは基本的に一人だった。

穂邑が一緒のときもあったが、せいぜい週に一度だったのだ。

賑やかな食卓は楽しい。ここでの食事が楽しいのは、他愛もないことを話しながら、笑い声が聞こえるなかで食べるからだろう。

自分の立場を忘れてしまいそうになる。ときおり本当に監禁されていることを忘れてしまう一時があり、我に返ったときにはひどく落ち込んだ。

どうして落ち込むのかは、考えないようにした。

数年ぶりの寿司を味わいながら、治己たちの話に耳を傾けた。治己はアルバイターだが、哲は法学部の大学生で、外でのいろいろな話をしてくれるのだ。普通の生活から離れて何年もたつ泉流には新鮮で興味深い話が多かった。同僚や同級生の発言やら行動を、おもしろおかしく話してくれるので、自然と笑い声も出てしまう。

声を出して笑うことなど、ここへ来るまで忘れてしまっていた。

センターにいた頃といまと、泉流が毎日力を求められていることには変わりがない。むしろこちらのほうが、セックスという手段を使われている分、扱いとしてはひどいはずだ。緩いとはいえ監禁されているのだし、いまだにまともな服さえ与えてもらえないのだから。

なのにセンターにいるより気持ちが楽なのはどうしてなんだろう。常に感じていた居心地の悪さやストレス、そして説明の付かない孤独感のようなものは、なぜか拉致監禁されているはずの現在ではほとんど感じないのだ。外へ出たいという欲求はあれど、そう大きなものではないし、こうして世良の部屋に来るようになってからは、外の風を感じるせいか、余計にどうでもよくなった。

泉流にとってこの暮らしはそう悪いものではないと言えた。

「んじゃ、おやすみー。また明日ね」

「おやすみ」

食事が終わってしばらくすると、治己たちは使った食器やゴミやテーブルを持って出て行った。彼らは泉流がここへ来てから、交代で一階に寝泊まりしている。万が一に侵入者があった場合、あるいは地下でなにか異変が起きた場合、すぐに対応できるようにとの配慮らしい。つまり彼らはボディガードの役目も負っているわけだ。

「美味《うま》かったなぁ……」

ベッドに戻ってほっこりとした気分を味わっていると、世良はふっと笑った。

「そのうち、カウンターで食わせてやるよ。まわらないやつをな」

「………」

頷くことも、かぶりを振ることもできなくて、泉流は視線を手元に向けた。

そんなときが来るのだろうか。世良は軽い口調で言ったが、泉流が外を出歩くというのはとても難しいことだ。完全にセンターと決別し、世良とともに生きていくことを選べば監禁はされなくなるだろうが、大手を振って町を歩けなくなる。センターに戻れば以前と同じように、あのなかで暮らしていかねばならないだろう。

だからきっと、気がかりはあってもいまが一番楽しいのだ。

幸いにしてセンターに変化はないらしく、密《ひそ》かに泉流の捜索は続けられているらしい。穂邑に関しても変わりはないようだ。彼は泉流の護衛でも担当者でもないのだから、責任を問われる理由もないはずなのだ。攫われてきた当初はずいぶんと混乱していたが、冷静になって考えればわかることだった。

「実はね、このままでもいいかなぁ……って思い始めてる」

「センターから決別するってことか?」

「あー……そこは微妙。だからこのままって言ったんだよ」

「なかなかしぶといな」

「手強《てごわ》いくらいに言えよ。なんだよ、しぶといって」

害虫呼ばわりされたようで腹が立ち、泉流は手元にあったピローを投げつけたが、あっさりとそれはキャッチされた。

「ま、ずいぶん進歩したよな。ガチガチのセンター依存だったもんな」

「そんなことないよ。納得してない部分だって、いろいろあったわけだし」

「へぇ?」

軽い口ぶりとは裏腹に、世良は泉流から目を離すことなくベッドまで移動してきて、傍《かたわ》らに座った。真面目に話を聞こうという姿勢が見て取れた。

返されたピローを抱え込み、あぐらをかいて世良を見つめる。そのあいだに言いたいことを少しだけまとめた。

「俺とかヒーラーの人たちの扱いっていうか、環境っていうか。保護と管理は別なんだなって最近わかった」

「センターに管理されてたって、いまは思ってるわけだな？」

「うん、まぁ……」

手厚い保護だと信じてきたものは、ただの管理だった。行動を制限されていたことはまだいいとして、極端に人間関係を狭められたのはやはり納得できないのだ。まして言いたいことも言えなかった。トップクラスのヒーラーは思うまま振る舞っていたようだが、それもセンターの許す範囲がほかの人よりも広いというだけなのだろう。

囲い込んで道具のように扱うのではなく、治療という人助けに向かって協力する体制であったなら、と思わずにはいられなかった。

「もっとさ、気軽にメシ食ったり、休みの日は遊びに行ったり……そういう当たり前のことができてたらなって」

本音をぶつけ合える相手がいたら、あの窮屈さも緊張感も少しはマシだったかもしれない。

「くだらないことしゃべったり、冗談言ったり馬鹿やったりさ。そういうのって、なんかすごく楽しくてさ。俺、ほんとは口悪いっていうか……悪態つくだろ。センターじゃまったくそういうことなかったんだよ。心のなかでは言ってたけど」

泉流は長年にわたり、かなり猫をかぶっていた。とても言える雰囲気ではなかったし、言える相手もいなかったからだ。恋人である穂邑の前でも、おとなしくしていたのだ。いまにして思えば、穂邑と泉流は互いに遠慮があったようだった。

「恋人がいたんだろ?」

「いたけど、あんたとか治己たちとしゃべるみたいな感じじゃなかったよ。センターでの俺って、いい子だったんだ。なんか……そうしないと担当の人とかに睨まれそうな感じっていうか、問題児扱いされちゃいそうな気がしてさ」

とにかく「覚えめでたく」を心がけていた。意識してそうして来たわけではなく、自然とそうなっていた。センターの空気がそうだったのだろう。その圧力とも言える雰囲気は、泉流だけでなく一部を除いたヒーラーたちにも影響していたように思える。

「フリーのヒーラーのことだって、悪い面しか教えてくれなかったし」

「そんなもんだろ」

「かもしれないけど……正直、よくわかんなくてさ。センターが絶対正しいとはもう思えないし、あんたが絶対間違ってるってわけではないし」

世良の治療に関しての考え方や実際の行動は共感するが、人を誘拐してまで連れてくるのは間違っている。センターにも問題はあるが、秩序や統率は必要だろうし、国の機関である以上は融通が利かなかったり、目端が利かなかったりするのもある程度は仕方ないのかもしれない。

「ヒーラーには国の後ろ盾が必要だとは思ってるよ。国が治療だって認めなかったら、今頃新興宗教が山ほど出来てたかもしれないし、ヒーラーの社会的な地位だって……あと詐欺事件も、国が抱えるようになってから減ったよな」

「ああ」

「けど、もっと改善しなきゃだめだ」

「改善っていうか改革だな。まぁ、見てろ。あと何年かのうちに、ヒーラーの制度を変えてやるからさ。それと、チャージャーに関しても」

「は？　ちょっ……あんたなにしようとしてんの？」

改革という言葉は思いのほか強く響き、泉流を困惑させた。それだけではまったくビジョンが見えてこない。

「俺がするんじゃねぇよ。いや、俺も一員ではあるけどな。まぁ、そのうちわかるから、楽しみにしとけ」

「それって訊くなってことか？」

「詳しいことは言えねぇんだ。俺が一人でやってることなら教えてやれるが、ほかに何人も関わってるんでな。中心になってるのも俺じゃねぇし。だから時期が来たら教えてやる」

「わかった」

理由を言ってもらえれば納得できるし、不安になることもない。他人が入っているからというのならば仕方ないだろう。

「俺に出来ることある？」

「あるっちゃあるが、おまえには守秘義務ってもんがあるからな。もしセンターを辞める決心が付いたら教えてくれ」

ぽんと頭を叩かれて、ひどく照れくさくなる。

泉流の立場を重んじてくれているのだと思うと、傾きかけの気持ちがさらにぐらぐらと寄っていきそうだった。

いまが楽しくて、心地いい。けれどもこのままではいけない。一ヵ月のあいだにいろいろと知識を得て、発信や書き込みはできないもののインターネット上で様々な声を聞き、泉流なりに真剣に考えた。

本当は一度センターに戻った上で、外での活動を認めてもらいたかった。だが現実問題として、いまは無理だ。監視の目はきつくなり、へたをすれば世良の存在や所在が嗅《か》ぎつけられてしまう可能性が高いからだ。

「俺はどのくらい待てばよさそう？」

「早ければ半年、遅くても二年……ってとこかな」

「長いんだか短いんだか、よくわかんないね」

「俺としては、準備期間を考えれば長かったし、ここまでくれば早い……って感じかな」

毎日出かけていたのも、治療やジャーナリストとしての仕事以外に、そういった理由があったのだろう。

「いつから準備してたの？」

「俺が参加したのは、五年くらい前か。ちょうどいまの治療形態になった頃だ」

「昔は違ったのか？」

「……まぁな。享楽的で考えなしで、調子に乗った馬鹿だったからな。あの当時に戻れるなら、とりあえず殴りつけて懇々と説教するな」

笑いながらの言葉だったが、彼が後悔にまみれているのはよくわかった。それでも口調や表情が穏やかなのは、いつまでもそれに囚《とら》われてはいないということなのだ。

知りたいと強く思った。他人の事情になど興味を抱《いだ》いたことはなく、恋人のはずの穂邑のことでさえ知ろうとしなかった泉流にはきわめて珍しいことだった。いや、珍しいどころか初めてのことだ。

「それって、俺に話せることか？」

「馬鹿なガキの話でよければ」

「うん、知りたい」

居住まいを正す泉流を見て、世良は表情を和らげた。そうしてぽつぽつと、思い出すようにして過去の彼を語り始めた。

世良の生家は地方の開業医で、そこそこ裕福な家だったらしい。両親は世良が中学生のときに離婚し、その前後から高校二年くらいまでは少しグレていたらしいが、大学は医学部へと進み、その頃には一応真面目な学生に戻っていたという。進学したのは東京で、まずまず普通の医大生としてやっていた。転機が訪れたのはちょうど二十歳《はたち》のとき。ヒーラーとしての力に目覚めたのだ。

「おまえが大嫌いなタイプのヒーラーだったぜ。高い治療費ふんだくって、三年近く荒稼ぎしてたからな。あれな、こっちから吹っかけなくても、どんどん高額になってくんだよ。俺は一月半《ひとつきはん》に一人しか治せねぇからな、一円でもほかの患者より多く……って、金額が嵩《かさ》んでく。まるで命のオークションみたいだった」

淡々と語ってはいるが、世良の顔には苦いものが見えた。おそらくその光景は、いまでも繰り広げられているのだろう。金目当てのフリーのヒーラーはもとより、センターでも形を変えて。

「なんで、やめたの」

「……親父が倒れたんだよ。連絡もらって、急いで駆けつけたときは危篤だった。俺は何日か前に二億積まれて治療したばかりで……なんにも出来なかったんだ。いい気になって力使って、一番肝心なときに役に立たなかった。体調がよくないって話は、何ヵ月も前から電話で聞いてたのにな」

何年も帰省しない息子を呼び戻す口実。その程度に考えていたのだと世良は吐きだした。こちらでの暮らしが楽しくて、当時の世良はまったく実家へ顔を出さなくなっていたらしい。もし一度でも顔を見に帰っていたら、父親の病《やまい》にも気づけただろうし、当然治療も出来たはずだ。世良にはそれだけの力があったのだから。

「……だから、自己満足って言ったのか？」

「金はもう使い切れねぇほどあるしな。親父がまたやたらと生命保険とか不動産とか残していきやがってさ。だからまぁ、そいつを還元してるって感じか」

窓の外に目をやった世良を、泉流はまっすぐに見つめていたが、気がつけば自分の手で大きな手を握りしめていた。

少しずつ力が流れていくのを感じた。

「俺の力、やっぱりあんたに必要だと思う」

「どうした……？」

視線がぶつかるのを待って、泉流は微笑《ほほえ》んだ。迷いが晴れたせいか、妙に清々《すがすが》しい気分だった。

「こういうふうに渡すならともかくさ、セックスでっていうのは、世良さんだけがいいんだ。ほかの人は、正直やだ」

ましてや不特定多数なんて嫌悪感しかない。もしもそんなことにでもなったら、いくら図太いと言われる泉流だって心を病んでしまいそうだ。泉流はけっして貞操観念が緩いわけではないのだから。

「おまえ……恋人はどうした、恋人は」

「あの人のことは好きだけど、セックスしたいわけじゃないから」

センターにいた頃は気づかなかった――というよりは、そこまで考えていなかったのだが、穂邑との「恋人としての行為」は、気持ちが伴うものではなかった気がした。恋人としてすべきことだからしていた、というのが正しいだろうか。常に穂邑からしてきたものの、熱は込められていなかったから、きっと彼も「恋人としての儀式」だと思っていたのではないだろうか。

「たぶん向こうもそう」

「それは……つまり、俺とはしたいってことか?」

「あー……うん、まぁしたいっていうよりは、されてもいやじゃないって感じ……かもしれないけど。一人で固定するんなら、このままあんたがいい、みたいな」

自分でも「世良でいい」のか「世良がいい」のかはわからないのだ。ただ泉流の力を毎日渡すなら、それは世良しかありえないとは思っている。

そう、彼しかありえない。

泉流はじっと目の前の男を見つめた。

「変かな、俺」

「どうしてそう思うんだ？」

「だって攫われて閉じ込められて、無理矢理セックスさせられて力奪われてんのに、それでいいって思ってんだもん。あんたしかないって」

「おかしくねぇよ」

握られていないほうの手で泉流を抱き寄せ、世良はこめかみにキスをした。

世良のキスは、普段の彼からは考えられないほど優しい。まるでそれが泉流のすべてを受け入れ、肯定してくれるようで、ひどく安心した。

「おっはよーう」

その日も泉流の一日は、治己の声でスタートした。

いつも通りテンションは高く、室内の照明をつけると小さな窓のブラインドを上げる。まぶしさとうるささに、泉流は唸《うな》りながら目を覚ました。

「う……うー……」

「はいはい、今日も寝起き悪いね。もう十時半だよ」

頭まで毛布をかぶって出て行こうとしない泉流に、治己は根気よく話しかけた。いい天気だとか、あとで運ばれてくるブランチはホットサンドで、泉流の好きなツナとキャベツもあるだとか、スープはクラムチャウダーだとか。

五分もそうしているうち、ようやく泉流は顔を出した。まぶしくて、すぐにまた顔を引っ込めかけたが、それは許されなかった。

「ほんと睡眠大好きっ子だよね。世良さんなんて、八時前に出かけてったよ」

「……へー……」

「ま、あの人はもともと三時間睡眠の人だけどね。もともと丈夫なんだろうけど、エネルギッシュだよね」

確かに、とまだ半分眠った頭で泉流は思う。治己が言ったように、世良は体力も気力も充実していて、本当にタフだ。十歳近く若い泉流のほうが、筋力持久力ともにはるかに劣っている。

「おまけに精力旺盛、と。泉流くんのほうは相変わらずヘロヘロだね」

「自慢じゃないけど、モヤシだもん……」

「だよね。おっかしいなー、せっかくエクササイズマシン揃《そろ》えたのに、効果出てないじゃん。ちゃんとやってんの？」

「やってるよ。ちゃんと前よりは体力ついてるしっ」

　地下の別の部屋に、三台ものマシンが設置されたのはもう三週間ほど前のことだ。運動不足解消と体力作りのために用意されたもので、いずれもセンターのフィットネスルームに置いてあったものと似たものだった。

「まあ、とりあえずこれ着て。新しい服だよ」

「……どうも」

　どうせ期待しても無駄だろうと、泉流はぼそりと言って毛布にくるまったまま身体を起こした。毛布の下は全裸なのだ。

　ここへ来てから裸で眠るのが習慣になってしまった。毎晩セックスをして、そのまま世良の腕に抱かれて眠ってしまうせいだ。目が覚めたときにはまず世良はいないのだが、さすがになにか着せてくれるほどのサービスはしてくれない。セックスの後始末までは、嬉々《きき》としてやるくせにだ。

もらった服を見て、泉流ははっと息を飲む。

タートルのボーダーカットソーにオフホワイトのダウンベスト、そしてベージュのカーゴパンツという一式だったのだ。パンツは膝までのハーフだが、そんなことは些細な問題に思えた。

「なんでっ？　どうして？　いや、嬉しいけど、どういう風の吹きまわしっ？」

「そこまで驚かれる俺らって……。いや、たんにそろそろいいかなって思っただけよ。とりあえず、服で泉流くんの意識を変えていこうかなーみたいな」

「え？」

意味がわからず、泉流はきょとんとした。無意識に小首を傾《かし》げると、治己は「たまらん」などと呟き、軽く身悶《みもだ》えた。

うろんな目で見られていたことに気づき、治己は取り繕《つくろ》うようにこほんと咳払《せきばら》いをした。

「なんでもない。ようするにさ、外へも行ける服なら監禁されてるって感じでもなくなるでしょ。あ、もちろん勝手にやってるわけじゃないよ。ちゃんと世良さんとも話したから」

「そうなんだ……」

泉流の気持ちの変化を、彼らはわかっているのだろうか。服を与えようと靴を与えようと、逃げることはないと信じているのが伝わってくる。

「コートとブーツもあるよ。ニットキャップも」

「き……着替える」

「うん。じゃ、メシ持って来るね」

治己が部屋を出て行くと、急いで下着を身につけ、服を着た。仕上がって見ると、いろいろと微妙だったが、外へ行ってもおかしくないことは間違いなかった。

戻ってきたときには哲もついてきて、ブーツや靴下も持ってきてくれた。

「うっひゃー、可愛い。やっぱこれでいいんだよ。白だよ、白」

「コートも白にしたんだ。フード付きのダウンだよー」

「……これ、女ものだよな?」

着ている服を摘《つま》んで問えば、あっさり肯定された。二人ともまったく悪びれたところがなかった。

「でもデザイン的にはユニセックスだし、おかしくないでしょ。ボーイッシュな女の子みたいだけど。足も小さいんだよね」

「悪かったな。っていうか、なんでおまえら俺に女もの着せたいの?」

「なんでって言われても、趣味としか言いようがないよね」

「なー」

「ああ……そう」

堂々と言われてしまうともう投げる言葉も浮かばなくなる。泉流は溜め息をつきながら洗面所へと向かい、顔を洗って自分の顔をまじまじと見た。

こんなふうに自分を見るのは久しぶりだったが、以前より血色がよくなった気がする。髪が少し伸びたのと服のせいで、以前よりさらに男らしさが減ったようだ。さすがに女の子には見えないはずだが、暗がりだったら間違われても不思議ではない見た目だ。

洗面所から出て行くと、テーブルには三人分の食事が並んでいた。泉流はブランチだが、治己たちは早めのランチらしい。あるいはおやつなのかもしれない。

「あ、そうだ。さっき気になる記事を見つけたんだよ。なんか今日発売の週刊誌ネタなんだけど……あ、わりと硬派なやつね。そのネット版でさ」

「どんな?」

スープに口をつけたまま目だけを上げ、泉流が先を促すと、哲は手元の操作でテレビ画面にその記事を出した。

〈国がひた隠しにするチャージャーの存在〉という文字が目に飛び込んできた。

「これ……」

「世良さんじゃないっすよ。結構有名な人で、もう十何年も前からヒーラーの取材しているんです」

哲の声はもはや耳に入ってはこず、食事をするのも忘れて記事に見入った。スクロールしてもらいながらすべてに目を通し、ようやくふっと息をつく。泉流にとって目新しい情報はなかった。

曰《いわ》く、チャージャーは確かに数名いるが、伝説じみて語られているような能力はなく、数ヵ月かかるヒーラーの回復時間を半分程度に短縮するに過ぎない。それでも長期にわたって考えれば倍の治療効率を得ることを可能にする存在であり、ヒーラーと違い回復が平均して一日なので、ヒーラー四、五十人につきチャージャーが一人いれば充分。従って、非登録者を含めても十人足らずですべてのヒーラーの回復がまかなえてしまうだろう。チャージャーの発見はヒーラーによってしか果たせず、だからこそセンターのヒーラーは治療希望者と毎日会い、あわよくば患者本人もしくは関係者のなかからチャージャーを見つけ出そうとしている。

すべて正しいことだ。いったいどこで彼は取材したのだろうと不思議に思うほどに。

「これってさ、どこかにフリーのチャージャーがいるってことだよね」

問いかければ、治己たちは大きく頷いた。

「だな。ま、いても不思議じゃないけど。ヒーラーが触らない限りは、わかんないしね。未発見のチャージャーって、どのくらいいるんだろ」

「センターには毎日、治療希望者が百人くらい行くんだろ？　で、その付き添いを入れると毎日二百人前後は確認してる感じかな。で、五年に一人くらいしか見つからないってことはー……」

「あ、センターで見つけたのは俺を入れて二人だけだって。後は外に出てるヒーラーが見つけたみたい。チャージャーを探す専門の人」

「そうなのか。へぇ」

これは公表されていない情報だが、チャージャーの存在を知られている以上、いまさら言ったところで問題ないだろう。すでに彼らはセンターに何人のチャージャーがいるのか、内通者から情報を得ているのだ。

「俺の前は、さらに七年前だって聞いたけど、その頃はヒーラーの数も少なかったから、単純に計算はできないよ。確かセンターの推測としては、百万人に一人はいるだろうって。もっと多い可能性もあるらしいよ」

「だったら、あと百人は未発見のチャージャーがいるってことか」

「計算ではそうなるか。ところでさ、この情報って世良さんに言った？」

治己に問われ、思わずきょとんとした。

「言ってないけど……訊かれたこともないし」

そしてすっかり忘れていた話だった。ずいぶんと前に穂邑と雑談しているときに教えてもらったのだが、いまのいままで思い出すこともなかったのだ。

治己たちは目を丸くした。

「あの人、ほんとに訊いてなかったんだねぇ……。普通さ、情報得ようとするよな？」

「や、わかってたけどね。世良さん的にはとっくにあれっしょ。ただのデロ甘新婚生活。自分が攫ってきたこと忘れてんじゃないかな」

「ありそう」

呆れを滲《にじ》ませる口調でありながら、彼らはかなり楽しそうな顔をしている。世良の行動を肯定的に捉《とら》えているようだ。

「そんなことよりさ、この記事ってどの程度広まると思う？」

「んー？　ああ、それね。まぁ結構いくでしょ。っていうか、意図的に俺らも拡散するしね。あ、ちなみに泉流くんに害はないから大丈夫だよ。あと、これがきっかけでチャージャーが何人か見つかりそうな気がするな」

「そしたら泉流くんもセンターから出やすくなるよな」

「あ、そっか……希少価値はなくなるんだ」

チャージャーの人数はそう多くなくていい、というのがセンターの考え方なのだ。回復させる者たちに対し、チャージャーの数は足りている。泉流が毎日のように呼ばれていたのは、ヒーラーからの指名があったからだと聞いている。須田も言っていたように、男に一時間ほど手を握られねばならないなら見た目に嫌悪感がないほうがいい、と思う者が多かったようだ。だから必ずしも泉流でなくてはいけない、というわけではない。

「誰かが粘膜接触に関して発見しちゃったら、また話は違ってくるけどね」

可能性としては大いにあるが、いまだに不明な点が多いのも事実だ。泉流と世良のあいだだけに起きていることなのか、果たして相手を問わずに起きることなのか。穂邑に訊けば早いのだが、連絡をとるすべはない。

とりあえずこの記事に対する反応を見て、彼の過去の記事や考察をチェックしてみようと決めた。

「食べ終わったら、パソコン貸して」

「オッケー」

軽く了承をもらい、泉流はホットサンドに齧《かじ》り付いた。もうずいぶんと前から、インターネットでのあちこちにアクセスすることを許してもらっているのだ。ただし、こちらからは発信や書き込みをしないことを約束しているし、傍らには一応誰かが付く。泉流はまだセンターに籍を置く身なのだから当然だろう。むしろ隣にいながら携帯ゲーム機で遊ぶ治己たちのほうが信じられなかった。

「そういや、世良さんはちょっと遅くなるって言ってたよ。もしかしたら、その記事が原因かもね」

思わず納得し、もう一度文字だらけの画面を見た。

ヒーラーが世に認められて二十数年。これまでにヒーラーやセンターに関する記事や考察はいくつも出たが、ここまで鋭く切り込んだ記事はそう多くはない。まして都市伝説のように語られていたチャージャーを取り上げたのだ。

これから少し騒がしくなるかもしれない。

投じられた一石は、そう予感させるのに充分だった。


世良の帰宅は十一時近かった。彼がここまで遅くなったことは、泉流が来てからは初めてのことだった。

「おかえり。なんか面倒なことにでもなったのか?」

「なんでそう思う?」

連れだって世良の部屋へ向かいながら、ちらっと彼は泉流の顔を見た。少しばかり意外に思ったようだった。

「なんか様子が違う気がしたから」

「よく見てるんだな」

少し嬉しそうなのがわけもなく癪《しゃく》に障《さわ》り、泉流は先へ立って歩いた。これではどちらが家主かわかったものではない。

「結構わかりやすいよ、あんた」

「そうか？」

「で？　なにがあったわけ？　その様子だと、あんまりいい感じじゃないけど」

部屋に入るとすぐに世良からコートを奪い、ハンガーにかけてクローゼットにしまった。こんなことをしているから、治己たちに新婚だのなんだのと言われるのだが、世良はコートや上着をそこらに放っておくので、仕方なく泉流が片付けているだけだった。

「それより、似合うな。可愛い服じゃねぇか」

「可愛いとか言うな。つーかね、部屋のなかでダウンベストって暑くてじゃまなんだけど。このまま外行ったら絶対寒いし、このアイテムって微妙だよね」

「見た目重視だったんだろ。諦めろ、おまえはあいつらの着せ替え人形だ」

「ありえない……」

はっきり言われると溜め息もつきたくなる。以前から薄々、彼らのオモチャじゃないかと思っていたのだが、着せ替え人形だったらしい。

勢いをつけてベッドに座り、スリッパをつま先で少し遠くへ飛ばす。まるで微笑ましいものを見るように、世良は黙って泉流のすることを見ていた。

こんな顔を見ていると、昔のことを思い出してしまう。あのときの泉流は彼にとって危なっかしい子供でしかなかったのだろう。話を聞く限り、まだヒーラーの力に目覚める前だったらしいので、泉流と手を繋いでもなにも感じなかったようだ。

いまだに初めて会ったときのことは言えないでいた。どうしてと言われても、いまとなってはさして理由もない。いまさらという気がして、少しばかりタイミングを逃し続けているだけだ。

危うく寛《くつろ》いでしまいそうになった泉流だったが、はたと気づいて前のめりになった。うっかり本題を忘れるところだった。

「そうだ、さっきの続き。なにがあったんだよ。今日アップされたチャージャーの記事と関係ある?」

「耳が早いな。哲か?」

「うん」

ついでに三人で話したことも教えると、軽く頷いたあとで世良は口を開いた。

「記事のこともあるんだが、それ自体は別にどうってことないんだよ。いや、かなり騒然としてたけどな」

「あれ書いた人って知り合い?」

「面識がある程度だな。一匹狼タイプの人で、基本的に横の繋がりがねぇんだ。もう六十近いんだが、相当気むずかしい……というか気骨がありすぎる。すごい人だけどな」

「あれってさ、センターじゃないどっかに、チャージャーがいるってことだよな? もちろん俺以外に」

泉流はもはや微塵《みじん》も世良を疑っていなかった。あの記事の内容はすべて世良も知っていることだが、彼は外に漏らしたりはしないと当然のように思っている。

「そうなるな」

「そのへんの情報は入ってきてなかったの？」

「まったくな。正直、驚いた。まぁ、あれだけのネタなら、誰でもひた隠しにはするだろうけどな」

ジャーナリスト仲間はいるが、出せるネタとそうでないネタがあるのは誰でも同じだという。世良自身はジャーナリストの肩書きは隠れ蓑《みの》なのでスクープに執着はないが、あまりにオープンなのも疑われるので、適度に隠しつつ、たまに評価されそうな記事を書いて出しているらしい。まったくないのは、無能と見られて相手にされないから、だそうだ。

「ふーん……いろいろと難しいんだな」

「でな、早速というか、センターが動きそうだ。具体的なことはまだわかんねぇが、必ずなにかしてくると思っていい」

「は？」

「どうやらおまえが疑われてるらしいぞ。例の記事の、取材先だと思われてんだよ。まぁタイミング的には、仕方ないところもあるな。おまえが姿を消して、二ヵ月後にあの記事だからな」

「え、え……っ？」

まさかの話に動揺してしまうが、冷静に考えれば当然の流れだろう。きっと例の記事を書いた人のところにはセンターから接触があったか、これからあるに違いない。もちろん泉流の名が出てくることはないだろうが、取材相手の正体を教えるとは思えないので、泉流の疑いが晴れることはなさそうだ。

「俺なんにもしてないのに、センター裏切ったことにされちゃった……？」

「ほとんどなにもしゃべらないで、頑張ってきたのにな」

慰めるように頭に手を乗せられて、思わず深い溜め息が出た。いますぐ弁明したいと思う一方、もういいやと投げやりになっている自分もいた。いずれにしても泉流がセンターに身を置くことはないだろう。一時的に戻ることがあったとしても、それは退職のためであり、あくまで仮の話だ。

そう、退職しなければと思った。現在の泉流の身分は、一応センターの職員なのだから。

「……あ、それでセンターが動いたってどういうこと？　あんまり聞きたくないけど、知らないのもいやだから言って」

「おまえの奪還に動き出したってことだ。諦めムードだったんだが、あの記事で火が付いたらしいな。野放しには出来ないと判断したんだろう。近いうちに、あぶり出しを始めそうな感じだとよ」

「なんかひどくね？　俺、文句も言わないで何年もいい子でチャージャーやってたんだぞ。誘拐されても、センターに義理立てしてたのに」

口を尖《とが》らせて不満を口にしたが、世良に言っても仕方ないことは百も承知だ。だが宥《なだ》めるように頭を撫《な》でられ、にわかに気分は上昇した。我ながら現金なものだと思った。

「まぁ、よかったじゃねぇか。これで見限る気にもなったろ？　ついでに、いますぐ決別したくなるようなやつを聞くか？」

「……なにそれ」

話ではなく、やつだと言われ、首を傾げた。すると世良の視線はちらっと自らのパソコンに向かった。つまり音声データということだろう。

「ついこのあいだ手に入れたんだがな、さすがにショックがでかそうだから、聞かせないようにしようかとも思ってたんだが……」

「想像付かないんだけど……あの、それってエグイ？　だったら無理なんだけど」

「ある意味、エグイな。ただ、すでにおまえの身に降りかかってることだから、いまさらって言えばいまさらだ」

「え、俺のことなのか？」

「ああ」

「だったら聞く」

自分のことならば、知らないほうが気持ち悪いし、怖い。決意して表情を引き締めると、世良はデータメディアを取り出してきてパソコンに繋ぎ、キーボードを叩いた。パスワードがかかっていたが、泉流の目の前で躊躇もせず打ち込んでいた。

スピーカーから流れてきたのは、覚えのある声だった。

『すでに報告が上がっていると思いますが、血液をはじめとする体液、ならびにチャージャーの肉体から離れた組織では、いっさいの効果は得られませんでした。やはり生体でないと意味がないということでしょう』

高からず低からずの硬質な声は、穂邑のものだ。泉流と話すときは少し柔らかくなる声が、張り詰めたように緊張感を孕《はら》んでいる。口調や報告内容からして、相手は上司かセンターの上層部なのだろう。

(調べてたんだ……)

血液検査は何度かしていたが、いずれも健康診断だと説明されていたし、いまのいままでそれ以外の可能性など疑ってもいなかった。もちろん健康診断の結果も来たので、ついでだったのかもしれないが。

泉流に限らず、チャージャーたちはこうやって検分されてきたのだろう。それはヒーラーも同じはずだが、穂邑はその上、泉流を調べる役割も負わされていたらしい。

ここで世良は一度再生を止めた。

「誰だかわかるんだな?」

「……うん」

「その様子だと、彼氏か」

世良はすでに確信しているようで、口調は断定的だった。きっと泉流の表情があからさまだったのだ。

「彼氏っていうか……まぁ、恋人……のような……」

とっくに恋人だと言い切る自信はなかったので、語尾は小さくはっきりしないものになってしまう。穂邑への気持ちが恋でなかったことは確信しているし、向こうも泉流をどう思っていたのかわからないが、少なくとも恋愛感情ではなかったはずだ。まして彼氏などという、俗っぽい言い方は穂邑には似合わなかった。

「ような?」

「……いいから続き!」

にやにやと笑う顔を殴りたい衝動に駆られる。だから故意に吐き捨てるような口調で言い放った。

すぐに再生が始まった。

『そうか。なかなか特殊な者は現れないな。七年ぶりに見つかったチャージャーにも期待していたんだがね』

知らない声は無駄に偉そうで鼻につく。勝手に期待されても迷惑でしかない。かつての泉流ならばそれを励みにしたかもしれないが、いまとなっては無理な話だ。

『血液には触れただけか？』

『いえ、経口摂取と輸血で試しました』

「うえぇっ……」

泉流はぎょっとして思わず世良の顔を見てしまった。

経口ということは採取した血を飲んだということだ。輸血はまだ理解できたが、血を飲むなんて信じられなかった。

世良はとっくに内容を知っているので、軽く肩を竦《すく》めただけだった。

泉流の混乱をよそに、話はどんどん進んでいった。

『わかった。続けてくれ』

『供給時間には多少の誤差がありました。おそらく体調や精神的なものに、多少なりとも左右されるのではないかと』

『曖昧《あいまい》だねぇ』

三人目の声が聞こえてきたとき、泉流は溜め息をつきたくなった。この声もいやというほど知っている。治療棟の責任者で月に何度も顔を合わせる機会があったからだ。泉流は彼があまり好きではなかった。

『申し訳ありません。念のために、供給時間と彼の体温や血圧などのデータを日ごとにまとめてあります』

『メンタルな部分も関係しているのかな』

『しているかもしれませんが、精神的な部分に関しては、かなり難しいですね。十代の少年ですから、わたしには理解できない部分もありますし』

『まぁ、確かにね』

『ところで接触というのは、指以外はまったくなのかな?』

『指以外での皮膚接触では、力の流れは感じませんでした。もしかしたら微々たる流れはあったのかもしれませんが、あったとしてもわからない程度と思われます』

『すべて移すのに約一時間というのも、普通だな』

『ええ。供給後の回復時間に関しても同様です。わたしは以外のヒーラーも、特に早まったという者はいませんでした』

『きわめて平均的なチャージャーということか』

『はい』

『では、皮膚以外の接触を試せ』

『は……?』

怪訝そうな声を聞きながら、泉流は眉根を寄せていた。

『粘膜ということだ。皮膚と粘膜、粘膜同士の接触をね。比較的簡単なのは、頬粘膜《きょうねんまく》と生殖器、あとは舌の表層か』

『あの……』

『方法は限られるが、必要なデータだ。拒否は認めない』

『これはこれは……まるで性的行為を連想させる場所だね』

下卑た声に、泉流は顔をしかめた。淡々と報告されるだけならばまだしも、こんなふうにねっとりした声が入ってくると気分が悪くなりそうだ。

『そういうことになるな。チャージャーの身体に入れる必要のないメスを入れるわけにはいかん。まして露出させた内臓に触ることなど出来んだろう』

『それは、そうですが……』

『まぁ触れる粘膜と言えば、そのくらいですかね。まぶたの裏なんかは長時間触れないでしょうしねぇ』

『接触する時間や面積の違いも、詳細にな』

『……はい』

いかにも気が乗らないという穂邑の声に、泉流は安堵《あんど》していいのか失望していいのかわからなかった。

穂邑は命令によって、泉流と関係を持ったのだ。だから必要以上にはしなかったし、熱も欲も感じなかったのだろう。彼の好意を疑ってはいないが、命令でセックスしたことに関しては溜め息しか出ない。

『時間はかかってもいいから、これまで以上に慎重にやれ』

『はい』

『くれぐれもチャージャーのメンタルに過度な負担はかけるな。彼らは個体数が少なすぎるからな。へたな真似は出来ん』

偉そうな男の言いぐさに、少なからずショックを受けた。先ほどから連続して衝撃を受けているが、「個体数」という言葉に人として扱われていないのがはっきりと感じられて、唖《あ》然《ぜん》としてしまった。

肩を抱いてくれた世良に、泉流は身体の力を抜いてもたれかかった。

『しかし粘膜接触が有効だった場合はどうしますかね。ヒーラーとチャージャーに、アナルセックスでもさせますか。この子ならば、ヒーラーたちも抵抗なくできそうですが、ほかの者だとどうですかね』

『それは現段階で検討することではない。有効という結果が出たら、追ってほかの者も確認をしていく。話はそれからだ』

そのあとは細かなやりとりがあっただけで、大した話はなく、一番最初に偉そうな人物が、続いて上司が退室していった。

残された穂邑の小さな溜め息を拾い、音声データは終了した。

「……聞かないほうがよかったか？」

「そんなことないよ。ショックではあったけど……あの人が、俺のことそういう意味で好きじゃないってのは、なんとなくわかってたし。命令だったとは、思ってなかったけどさ」

それに優しくしてくれたことのすべてが嘘《うそ》だったとも思っていない。音声データの様子からしても、穂邑はひどく戸惑っていたし、淡々と報告しながらも不本意だというニュアンスは伝わってきていた。けっして機械のように、命じられたことをこなしていたわけではないのだ。

「真面目って言ってたが、いかにもだったな」

「うん……。あのさ、これっていつ頃録音されたもの？　手に入れたのは、最近って言ってたけど、どうやって？　もしかして盗聴？」

「盗聴だな、どう考えても」

「ほかの盗聴記録は？　いまでもバレてなくて、その人ってセンターにいるのか？　あんたがやらせたの？」

矢継ぎ早の質問に、世良は苦笑した。

「これだけだ。何度もやると、見つかりやすいってのもあるが、ちょうどこのときは条件がよかったんだそうだ。ただ録音に成功したのがこのときだけって話で、会話を盗み聞きするだけなら、いまも続けてるらしい。もちろん全部ってわけにはいかないけどな。やつにも仕事がある。どこの誰とは言えねぇな」

これで二つの質問に答えたことになり、残りは一つになった。もとより内通者の身元を詮《せん》索《さく》するつもりはなかったので、かまわなかった。

「あとは、俺がやらせてるのかって質問だったな。答えはノーだ。やつは自主的にいろいろやってるんだ。センターに恨みがあってな、別に復讐《ふくしゅう》しようってわけじゃないが、いまの体制が崩れればいいとは思ってるらしい」

「簡単なことじゃないよな？」

「方法によるな。市民の小さい声は無視するが、一気に高まった世論には動くのが常ってもんだ。しかもセンターの台頭を快く思ってないやつは、官僚にも政治家にもいる。ただ迂闊《うかつ》なことが言えなかっただけでな」

「自分とか身内が病気になったとき困るからだろ？」

「そうだ。だから、流れさえ作ってしまえば喜んで乗ってくる。そのあたりは俺じゃないやつが動いてるよ。医者のなかにもいるしな」

なるほど、と感心しつつ頷いてから、ふと疑問が浮かんできた。これは以前、言えないと告げられたことではないだろうか。

「えーと……そういうの俺に言ってもいいの？」

「そろそろ隠す必要も、閉じ込めとく必要もねぇかと思ってさ。もうセンターに戻る気はないだろ？」

「……まぁね」

はっきり言ったわけではないのに、世良にはわかっていたようだ。おもしろくないような、それでいて嬉しいような、ひどく複雑な心境だった。

「俺たちのことをしゃべる気は、ずいぶん前からねぇだろ？」

「なんでそういうことまで知ってんの」

「見てればわかる」

「ふぅん。だから外に行ける服、くれたんだ？」

身につけたものを摘んで問うと、満足そうな笑みが返ってきた。どうやらこのスタイルはお気に召したらしい。

「可愛くしてやろうと思ってさ。まぁ、シャツ一枚でも、素っ裸でも、可愛いけどな」

「だから可愛いって言うな」

「しょうがねぇだろ。さすがに『格好いい』とは言えねぇしな。ま、あと何年かしたら『きれい』とか『美人』とか言ってやれるかな」

どれを取っても男への褒め言葉とは思えないが、ふと脳裏を掠《かす》めた穂邑の姿に否定の言葉は呑み込んだ。彼はどう見てもきれいな人で、美人と言っても差し支えない人だったからだ。

いや、むしろ麗人や佳人でもおかしくない。

「とてもじゃないけど、美人にはならないと思うよ。俺、美人の男の人っていうのが、どういうのか知ってるし」

「もしかして、恋人役だったやつか？」

「役かぁ……」

いつの間にか呼称は変わっていたが、恋人役という表現は意外なほどすんなりと泉流のなかで落ち着いた。

破綻《はたん》したというわけではない。泉流と穂邑の関係に無理矢理つけていた名前が変わっただけだった。きっとあらためて穂邑に確認を取る必要もないだろう。穂邑は泉流と肉体関係を持つように命じられ、恋人という役割を演じたに過ぎないのだ。演じきれないあたりが、彼の正直さであり、不器用さなのだろうが。

「うん。恋人役だった人はさ、すげー美人だよ」

「その美人は、粘膜接触の特殊性に気づいてないのか、それとも報告を上げてないだけか。どっちだと思う？」

可能性はどちらもあった。前者の場合は、粘膜接触による力の供給方法は世良限定だということになるし、後者ならばなんらかの意図が働いたことになる。ちなみに報告が上げられた上でセンターがなにも指示を出さなかった、という可能性はまったく考えていないようだ。

あの盗聴記録を聞いた後では、泉流も同意見だ。セックスで毎日フルチャージが可能だと知ったら、間違いなく泉流にそれをさせただろうから。

センターはチャージャーの人権など無視している。まして未成年への配慮もなしだ。世良もとやかくは言えないから、実際に言わないのかもしれない。

「結構これは大事なことなんだが、どう思う?」

言葉通り世良の表情は真剣そのものだった。確かに重要なことかもしれないが、どこか釈然としないものを感じる。

戸惑っていると、ふっと息をついて世良は言った。

「実はな、誰にも言ってないことがあるんだよ。おまえにもな」

「……なに?」

突然話が変わったように思えたが、世良の様子を見る限りはそうじゃないようだ。だから神妙な面持《おもも》ちで続きを待った。

「俺な、能力も使える量も上がってきてんだよ。実際に治療してみるとわかるんだけどさ、同じくらいの病状でも、少ない力で治せるようになったというか……とにかく確実にレベル上がってんだわ。こないだの大統領くらいの病状なら、たぶん一日二人はいける」

「は……?」

泉流はぽかんと口を開けた。あのときのヒーラー——須田は、センターが抱えるヒーラーのトップと言っても過言ではない人物だ。その彼でも、一日に二人なんて治療できるはずがない。

だが世良が嘘やはったりを言う理由などもない。

「力って、増えたりするっけ……？」

「聞いたことねぇな」

「だよね。そんな例、報告されてないよね？　え……それって、あれ……この話の流れだと、もしかして……」

恐る恐る自らを指さすと、世良は大きく頷いた。

「時期的に考えても、おまえだな。前にも言ったろ？　セックスしながらもらうと、一気に来るだけじゃねぇ……ってさ」

「なんか……あったかも」

「うまく言えねぇんだが、こう……どんどん質が高まってく感じというか、磨かれていく感じというか……とにかくわかるんだよ。一気にもらってるだけじゃねぇって。ま、もしかしたら単純に毎日もらってるせいかもしれねぇけどな」

思ってもみなかったことを言われても、正直なところよくわからなかった。ようするに能力の底上げまでしてしまうということらしいとは理解したが。

「つ……つまり、穂邑さんのレベルも上げた可能性があるってこと？」

「ああ。ちなみにそいつのレベルは？」

「八〇前後だった」

「そこそこだな。ちなみに俺は、もともとは九〇ちょいだった。いまはたぶん、マックスかそれに近い状態だな。俺だけだと思うか？　その美人も上がってると思うか？」

答えられるはずもない質問だった。そんなことは世良も承知だろうから、変わった様子がなかったかどうかを思い出せということだろう。

「わかんない……それっぽい気配はなかったと思うよ。ただ、皮膚接触のときに個人差がないんだったら、粘膜だって一緒じゃないかな。あ、底上げに関しては回数かもしれないけど」

「まぁ、そこそこ同意見だな。俺は快感が絡んでるような気もするが……」

「そ……それはともかく、あれだよ。とにかく穂邑さんは、粘膜接触が有効ってわかってて、黙ってたんだよ。報告したら、俺が……俺だけじゃなくてほかのチャージャーだって、同じ目にあうから」

冷たい人だと誤解されがちだが、感情表現が乏しいだけで、本当はとても優しい人だと泉流は思っている。あるいはセンターにいるから、そう振る舞わざるを得なかったのかもしれないが。

「チャージャー全員のことを考えたかどうかは知らねぇが、おまえのことは考えただろうな。恋愛感情だか、親愛の情だかで」

「親愛だと思う」

きっぱりと言い切ると世良は意外そうな顔をした。他人の感情について断言したのが意外だったようだ。

「断言したな」

「できるよ。だって、違うし……」

恋人としての言葉は優しいばかりで甘さや艶《つや》はなく、触れあいは労《いたわ》りと気遣いはあっても熱や欲は微塵もなかった。穂邑は泉流が欲しいなんて、きっと少しも思っていなかったはずだ。それに気づいたのは、世良を知ったからだった。

穂邑と泉流が互いに向けあってきたものは、たぶん同じものだったはずだ。穂邑は命令があったから兄弟のような関係を恋人に変えざるを得なくなり、泉流は深く考えずに穂邑ならと受け入れた。埋められない距離感のようなものは、きっと穂邑の罪悪感が作り出していたのだろう。

「世良……さん」

どきどきしながら、好きになった男の名を口にした。姓のほうだけれども、いまはそこまでがせいいっぱいだった。

呼ばれた世良は少なからず驚いていたが、そこには喜色しか見られない。

「あんたは俺を欲しがってるよね。熱とか欲とか甘ったるさとか……いろいろわかる。一緒にいると楽しくてさ、もっと触りたくなるし、ずっと……」

「待て」

思うまま気持ちを口にしていたら、あろうことか手のひらで口を塞がれてしまった。どうして、と目元をきつくすると、苦笑が返ってきた。

「おまえはマイペース過ぎるんだよ。まずは俺に言わせろ。攫われてやられちまったほうが先に言うか、普通」

別にいいだろ、と内心思ったが、ひとまずおとなしくしていることにする。というよりも、意地でも言わせまいとしているのか世良の手は力強く、ちょっとやそっとでは外れそうもなかった。

じっと見つめていた目元に音を立ててキスをし、低く甘い声が囁いた。

「泉流」

「ぁ……」

初めて名を呼ばれ、深い部分がじわんと甘く痺《しび》れた。

「好きだ。ヤバいくらい、おまえに惚れてる。だから、ずっと俺のそばにいてくれ」

肌を撫でていくのは快感にも似たもので、後になってから嬉しかったんだと気がついた。

ようやく手を離してもらっても、すぐには言葉が出てこなかった。どんな返事をしたらいいのか、ふさわしい言葉が浮かんでこない。さっきまで熱弁をふるっていたのが嘘のようだ。

自分もだとか、一緒にいたいとか、気持ちばかりがあふれるようにして出口を目指し、そこで詰まってしまったような気がする。

泉流に出来たことは、こくこくと必死で頷くことだけだった。

「くそ、可愛いな」

どうやらなにをやっても世良には可愛く見えるらしい。

「わっ……」

膝に引き上げられて、きつく抱きしめられた。どう考えても「抱っこ」の姿勢になっているのが恥ずかしくてたまらないが、そんなことを言える雰囲気ではなかった。

なにより少しだけ、嬉しいとも思ってしまい、そんな自分が信じられなかった。恋人の膝に乗ったり乗せたりするようなタイプではないと思っていたからだ。

抱きしめられてキスされて、そのままベッドに押し倒されて——。いつもと同じ流れで肌を重ねたけれども、その夜はやはり少し違っていた。

世良曰く「セーフティーガードを外した」せいで、彼らの夜は恐ろしいほど長く、外が完全に明るくなるまで終わらなかったのだった。

「えーっ、世良さんが初恋の人なんすかっ?」

素《す》っ頓狂《とんきょう》な声を上げる哲の横で、治己はきらきらと目を輝かせた。

互いに告白をした翌朝——つまり半日ほど前、完徹とその他いろいろでテンションが高かったという世良は、治己たちと顔をあわせるなり前夜の出来事を告げ、いつものように出かけていったらしい。残された彼らは中途半端な情報にうずうずしながらも、泉流の身体を気遣って午後になるまで待ち、ランチとともに二人して押しかけてきたのだった。

そして現在、すでにとっぷりと日も落ちていた。そのあいだずっと居座っている彼らに言葉巧みに導かれ、気がつけば世良との出会いまでしゃべっていたのだ。

「なんで言わないのー?」

「いや、なんか……タイミング?」

「いくらでもあったでしょ」

「でも、いまさらって気もするしさ……あ、二人ともあいつには絶対言うなよ。絶対だからな!」

びしりと指を差して声を張ると、二人は呆れたように顔を見あわせ、同じタイミングで溜め息をついた。

「なんで内緒?」

「知られたって別に損はしないっすよ」

「得もしないだろ」

「あー……まぁ、そうかも。知ったからって、ラブ度増すとも思えないしなー。すでにマックスだし。運命だって、世良さんが喜ぶくらいか」

「で、その日のえっちが異様に盛り上がる……と」

「間違いないね」

そんな話を聞いてしまったら、ますます言いたくなくなった。いまでも充分なほど抱かれているのだから、それ以上なんて求めてはいない。

「俺は得しないからいいんだ、別に」

「でも運命っすよね」

「つーか……むしろあれじゃん？　もしかしたら、チャージャーってヒーラーを覚醒《かくせい》させる存在だったりするかもよ？」

「はぁ？」

泉流は思い切り怪訝そうな顔と声になっていたが、治己は怯《ひる》む様子もなく、自分の思いつきに満足しているようだった。

隣で哲も目を輝かせている。

「だって、時期的にあうんだもん。世良さんがヒーラーになったのって、話聞く限りじゃ泉流くんと会った直後じゃん」

「だよね、だよね……！」

「時期的にはそうみたいだけど、いくらなんでもそれはないだろ……」

「わかんないよー。あるかもしれないじゃん。ヒーラーの素養がある人がチャージャーに触れると、力が触発されてー……とかね」

ヒーラーに関してはいまだに不明な部分が多く、チャージャーに至っては謎のほうが多いのだ。だからなにがあっても不思議ではない、というのが治己の主張だった。

そう言われてしまえば、絶対にないと言えるだけの根拠もなかった。

「俺も俺も！　覚醒するーっ」

「アホか」

急いで泉流の手を握ろうとする哲を、治己はびしりと叩いた。

わいわいとやっていると、世良の帰宅を告げる音が聞こえてきて、話はそれきり中断することになった。とりあえず口止めはしておき、世良を出迎えた。

帰宅した彼は明らかに難しい顔をしていた。これは誰でも、なにかがあったと気づけるレベルだ。

「お……おかえり」

「ああ」

「なにかあったんすか？」

「あったな」

ふうと息をつき、世良はコートを脱いでそこらに放り出そうとしたが、動けない泉流の代わりに哲が受け取ってクローゼットに収めた。

「センターが仕掛けてきやがった」

世良の推測は、もう現実のものとなったようだった。

にわかに緊張が走った。

「内通者からの情報だ。が……こうやって俺たちに伝わることを見越してのことだろうな。体《てい》のいい連絡係にされたのかもしれねぇ」

「それって、センターも内通者がいることに気づいたってこと？」

「気づくというか、それ以外に考えられねぇからな」

「その人、大丈夫なのか？」

思わず心配になって尋ねると、返事の代わりにぽんと頭を撫でられた。薄く笑っているから、大丈夫なのだろう。

「で、確認したいんだが、美人ヒーラーの名前は穂邑律《りつ》か？」

唐突に出された名に泉流は目を瞠《みは》り、とっさに世良の胸元をつかんだ。

「なんでそれっ……」

「処分されるそうだ」

「え？」

「背任の罪を問われたそうだ。表向きは、センターのヒーラーとして服役中の妊婦を治療することになってる。が、その帰りに反ヒーラーの団体によるテロであえなく命を落とす……って筋書きらしい」

「なっ……」

最初はなにを言われているのか理解できなかった。ゆっくりと言葉を飲み込み、そうして意味がわかった途端、ガツンと頭を殴られたような衝撃があった。

とっさに言葉が出てこなかった。

「ようするにパフォーマンスに使われるってわけだ。分け隔てなく治療を行うというセンターの姿勢と、ヒーラーは閉じ込めてまでも守らねばならない危うい存在ってことを、内外に示すためにな」

「そんな……」

指先が震えそうになるのを、きつく握りしめることでなんとか押さえ込む。冷静にならなければいけない。そしてどうにか阻止しなければ——。

「言っとくが、罠《わな》だぞ。獲物はおまえだ」

「……そっか」

だったらなおのこと、なんとかしなくてはならないだろう。自分のために穂邑の身を危険にさらすわけにはいかない。

青ざめた顔のまま、泉流はじっと世良を見つめた。

「俺が行かなかったらどうなんの」

「予定通り、穂邑は始末されるかもしれない。が、されない可能性もある。計画自体が餌《えさ》で、実際に実行する気はないかもしれないんだ。もちろん治療は行うだろうけどな」

冷静な態度と言葉は泉流を落ち着かせたが、同時に焦燥感も生んだ。世良にとって穂邑は会ったこともない他人であり、泉流のように動揺することもなければ不安がることもない。人道的に放っておけないと思うことはあっても、危険を冒してまで動く理由はないはずなのだ。そして泉流はどれだけ心配しようとも、一人で穂邑を救う手立てを持っていないのだ。

「穂邑さんが処分されないって保証はないんだろ？」

「ねぇが、もし穂邑の力が上がってるんだとしたら、処分はないだろう。生かして利用したほうが有益だ。だがそのままのレベルだったら、わからねぇ。レベル八〇くらいだったら、惜しくないと考える可能性はあるからな」

「でも……囮《おとり》にする理由はわかるけど、あえて殺す理由なんかないだろ？」

どうにか否定して欲しくて尋ねたものの、緩くかぶりを振られてしまった。

「ないって言い切ることは出来ねぇな。たとえば穂邑が治療を拒否してるとか、脱走を試みたとか……俺たちが把握してないことがあったのかもしれねぇ」

「ヒーラーは国が守るんじゃなかったのかよ……っ」

それは世良に向けた叫びではなかった。センターという組織、ヒーラーに関する取り決めをした政治家や官僚——つまりは国に向けたものだった。

失望というものを、いまほど強く感じたことはない。

「なんで……」

震える声で力なく呟き、視線を床に落とした。

治己と哲は気遣わしげに泉流を見た後、まるで救いを求めるような目を世良に向けた。なんとかしてと、無言で訴えていた。

世良はその長い腕で泉流を抱き寄せ、背中を何度か撫でた。

そうされるだけで、泉流は少しずつ落ち着いていくのを感じた。

「馬鹿なことは考えんなよ。いいか、おとなしくしてろ。悪いようには、しねぇから」

「……うん」

それを信じるしかないし、この男だったら信じられると思った。いつの間にか世良がそんな相手になっていたことに、泉流はたったいま気づかされた。

哲がそっと部屋を出て行くのを耳だけで確認しつつ、泉流はベッドのなかでじっとしていた。ドアが閉まる音が聞こえても、しばらくはそのまま待ち、やがてそっと布団から顔を出した。

「よし」

音を立てないようにベッドを出て、クローゼットから服を取り出して身につけていく。シャツの上にニットを着て、タイトなジーンズにブーツを履いた。コートに袖《そで》を通し、世良のマフラーを借り、ニットキャップをかぶれば完成だ。治己たちが趣味で女性用のものを押しつけてくるのが幸いし、遠目には女の子のように見えてくれるかもしれなかった。変装にもならないが、少しはマシだろう。

あれから世良は毎日忙しそうだ。朝早くに出て行き、夜は遅い。以前から入っていた治療を中止することは出来ないと、予定通りに治療を行い、それ以外の時間で情報収集と対策に追われているのだ。

おかげでここ何日かは執拗《しつよう》に求められることもない。

世良がセンターの目論見《もくろみ》について教えた翌日には、服役中の妊婦と胎児を救うために治療へ出向くと公式発表があった。正確な日時は安全のために明かさないとしながら、どこの刑務所かは発表するという不自然さがあり、ますます罠だという疑いを濃くした。

世良たちは様々な条件のもと、実行日をいくつかの候補にまで絞ったが、泉流には最初から今日だという確信があった。

なぜなら、今日は穂邑の誕生日だからだ。あえて泉流に日付を特定させるように、あんな発表をしたとしか思えなかった。

もちろん世良にはそのことも言ってある。いま頃、彼の協力者たちと一緒に動いてくれているはずだ。

泉流はクローゼットにかかった世良のコートのポケットをあさり、札をいくつか拝借した。世良は金の扱いが雑で、ポケットに入れたままにするのだ。だから彼の上着を数着あされば、そこそこの金額になった。

「あとで返すから」

金と一緒に、あらかじめ書いて隠しておいた封書もポケットに入れた。それから書き置きをデスクの上に置く。

忍び足で世良の部屋を出て、階段を降りた。遠くで水音がしているのは、哲が風呂の掃除をしているからだろう。

そのまま急いで玄関まで走り、何ヵ月かぶりに外へ出た。

町へ出たという意味では、実に六年ぶりになる。

空気の冷たさに思わず縮こまりながらマフラーを巻いた。少し風が強くて、空は鈍色《にびいろ》だ。

いまにも雪が降ってきそうな天気だった。

目立たない程度に走って大通りに出てタクシーを拾う。向かうのは刑務所にほど近い場所だ。タクシーに一人で乗るのは初めてだったので少し緊張したが、無口な運転手だったおかげで余計な神経は使わずにすんだ。

三十分ほど走り、適当な場所で車を降りた。

まだ朝の九時前だから、穂邑が来るにはもう少しかかるだろう。どこかで時間をつぶそうと考えていると、不機嫌そうな声が聞こえた。

「一人でフラフラすんじゃねぇよ。悪い男に攫われるぞ」

振り向くと、世良が軽く泉流を睨んでいた。もちろん本気ではなく、呆れと諦めを含んだものだったが。

「どの口でそれ言うかなぁ」

「俺は悪い男か」

「ある意味ね。すっかり誑《たぶら》かされちゃったよ」

心地いい腕に落ちたことは、まったく後悔していないから、泉流は世良を見上げてにっこりと笑った。

やれやれと溜め息をつかれてしまった。

「逃走ルートと手段書き置きして脱走なんて、聞いたことねぇぞ」

「あはは」

期待した通り、哲はすぐに気づいて書き置きを見つけ、世良に連絡してくれたようだ。

「なに考えてんだ。まさか一人でなんとかしようなんて、考えてねぇだろうな」

「それはないよ。俺、そこまで無謀じゃないし。ただ、一緒に連れて行ってもらおうと思ってさ。頼んでもだめっていうし、だったら強引に外に出て、連れ戻す時間もなければいけるかなって」

なにも出来ないのは十二分に自覚しているし、へたな真似をして世良たちの計画を潰《つぶ》すことはしたくなかった。ただ一時的にでも姿をくらまして、余計な手間と心配をかけたことは事実だから、そこは素直に反省した。

「とにかく来い」

すぐ近くには一台の車が止まっていた。初めて見る世良の車はRV車で、乗り込んでみると結構車高があった。念のためにと後部に乗せられたが、実を言えば助手席に興味がある。乗ったことがないからだ。

「前がいいなー」

「そのうちな。今日は我慢しろ」

「わかった、絶対な。そんで、どこ行くんだ？」

詳しいことはなに一つ聞いていないのだ。ただ当日——つまり今日は、テレビを見ていろと言われただけだった。

「特等席にご招待だ」

「は？」

「本当はテレビで見せたかったんだが、来ちまったもんは仕方ねぇ。いいか、おまえは動くなよ。ややこしくしたくなかったら、おとなしく待ってろ」

「う、うん……」

とにかく世良が——世良たちがなにかしてくれるということは確かなので、泉流は言いつけ通り動かないことにする。余計なことをして、失敗するようなことがあってはいけない。

車でほんの二、三分移動した先は、なんと刑務所のすぐ前で、周囲には相当数の車が停止していた。世良の車はそのなかの一台になった。車はすべて取材のためのものらしい。あちこちでカメラを設置していた。

到着して五分もしないうちに、一台のバイクでやってきた治己と哲が合流したが、哲は泉流の顔を見ても責めたりはせず、軽い調子で挨拶《あいさつ》してきた。いまはそれどころではないというだけかもしれないが。

そうやって数時間待っているあいだに、世良は積極的にほかの記者たちと接触していた。普段通りの行動を取るという意味もあったし、情報を得るためでもあるようだ。泉流は治己たちと一緒に、機材のチェックなどをしていたが、実際のところはよくわからなかった。軽い変装だと言われ、リップを塗られてメガネをかけさせられたが、状況が状況だけに拒むことも出来なかった。

やがて十一時を迎えようという頃、急に周囲が騒然とし始めた。

前後に白バイと護衛の車両をつけた一台のリムジンが現れると、いっせいにテレビカメラが撮影を始め、フラッシュが飛び交った。

もちろんルキン大統領のときほどではないが、ほとんど姿を現さないヒーラーが撮りたいためか、各メディアともかなり熱が入っている。

「すごい……」

「あー、全然見えないじゃん。ほんとに乗ってんのかね」

リムジンの窓にはカーテンがかかり、車内の様子を窺い知ることはできなかった。

そのまま車列は刑務所へと入っていき、外で望遠カメラをかまえていた世良も車に戻ってきた。テレビ局のクルーたちはまだカメラをまわしているようだが、すでに放送はしていない。あとで使うための映像なのだろう。

車内にいても、周囲の雰囲気は伝わってくる。まったく車内が撮れなかったことへの不満を感じた。

「よしよし、いい具合にフラストレーションがたまってるな」

「車列しか撮れなかったもんね」

「まぁ当然だけどな。出てくんのは一時間くらい後か」

「だね。早めにメシ食おうよー。おにぎり作ってきたんだ。海苔《のり》の代わりに、おぼろ昆布巻いてみた。中身はシャケと梅干しね」

ごそごそと取り出してきたのは保温バッグに入った四人分の昼食だった。

「おかずもあるんで、どうぞー。お茶も」

「遠足じゃねぇんだぞ」

たしなめる世良にはあまり緊張感がないし、治己たちも同様だ。心配で食事が喉《のど》を通りそうもないのは泉流だけのようだ。

それでも無理に食べ、一時間ほどたった頃、ふたたび現場の空気が変わった。

「よし、行くぞ。治己、カメラ任せた」

「了解でーす」

運転席の世良はすでに追跡態勢だ。ほかの取材陣も同じようにエンジンをかけ、バイクなども待機している。そのうちの一台は哲だった。

なにが始まるのかわからないまま後部シートでおとなしくしていると、目の前を車列が通り過ぎた。

いっせいに何台もの車やバイクが動き出した。

異変が起きたのは一キロも進まないうちだった。

前から車列を撮ろうとしていた数台のバイクと車が、接触事故を起こして車道を塞ぎ、いくつものブレーキ音が鳴り響いた。

前も後ろも、車でいっぱいだ。たちまち身動きが取れなくなった。

「治己、行くぞ」

「はーい」

「おまえは頭低くして、隠れてろ。いいな。ぜったいに顔は出すな」

「う……うん」

二人が飛び出していくのと同時に泉流は体勢を低くして隠れた。足元に置いた小型のテレビでライブ映像を見ることにした。ある局が、このために枠を取っていたのだ。

いくつもの車からカメラマンや記者が飛び出し、リムジンに群がっていく。身動きが取れないのをいいことに、車を取り囲んでなんとか写真を撮ろうというのだ。

(だ……大丈夫なのかな、穂邑さん……)

きっと助け出そうとしているのだろうが、それでは思い切り顔がさらされてしまう。

はらはらしながら待つ泉流の耳には、二重にクラクションが聞こえた。怒号も、やがてサイレンの音までもが聞こえてきた。

カメラはなんとかリムジンの窓に張り付こうとしている。それを散らすようにして警察官の手や腕が映り込み、叱責の声が飛んでいた。

世良と治己が戻ってきたのは、それから間もなくのことだった。蜘蛛《くも》の子を散らしたように何人かはリムジンから離れていったが、粘っている者も数名いる。だが彼らも警察官によって車から引きはがされたし、道を塞いでいた車両はどけられた。哲は乗ってきたバイクで移動するようだ。

リムジンが先導されて走り去っていったのは、接触事故から十五分ほどたってからだった。事故といっても大きなケガをした者はいないらしい。

世良の車も、ほかの取材陣に倣って走るようだ。ただし運転しているのは治己で、世良は後部シートに座っている。その足元に泉流は蹲《うずくま》った。

これも世良の指示によるものだった。しばらくのあいだは外から見えないように注意する必要があるらしい。

泉流は世良の服を引っ張って、高い位置にある顔を見上げた。

「一体なにがどうなってんの？　さっきのって本当に事故だったのか？　それとも……」

「当然仕込みだ」

なにをいまさら、と言わんばかりの口調と表情だったが、泉流を見ることなく顔はまっすぐ前へと向けられている。ほかの車両から見られたときに不審がられないようにと考えているのだ。

「なんのために？」

「そりゃ車を止めるために決まってる。後はカメラや人の目を、リムジンに向けさせるためだな」

「どういう……や、それより穂邑さんどうすんだよ……！」

車列はとっくに去ってしまった。センターが計画を実行するつもりならば最悪だし、そうでなくてもセンターに戻されたらふたたび外へ出ることは難しくなってしまう。

焦る泉流をよそに、世良は落ち着き払った態度で、大きな手を泉流の肩に置いた。

「穂邑なら、とっくに別の車で移動中だ。今日はさすがに無理だが、早けりゃ明日にでも会わせてやるよ」

「は？　え……？」

「安全なとこに預けるから大丈夫だ」

「え、いや……だって誰も車から出てなかったぞ……？」

「リムジンからはな」

「はい？」

頭のなかは疑問符でいっぱいだった。泉流がぽかんとした顔をしていると、一瞬だけ視線を落とした世良は、くっと口の端を上げた。

「すぐ後ろを走ってた車から、こっそり降りたんだよ。全員リムジンに注目してたから、気づいたやつはいないと思うぞ。顔は隠すように指示しておいたしな」

「ど……どういうこと？」

「センターに言っておいたんだよ。帰りは後ろの車に、軽く変装させて乗せろ……ってな。で、三キロ走った後で後続車はリムジンから離れて、最初に引っかかった信号で止まったら穂邑を降ろして……みたいな適当なことを言っておいたわけだ。で、実際にはかなり手前のあそこで止まって、すぐ迎えをやって引き取った」

顔を隠した仲間――哲を含めた数名が穂邑を連れ出し、バイクでしばらく走った後で別の車に移し、何回かそれをやったあとで、受け入れ先に送り届ける寸法だという。穂邑はかなり目立つ容姿だと言っておいたので、あらかじめ変装の指示を出したようだ。

泉流はあっけに取られて、しばらくほうけていた。

「でも……なんでそんな指示を、センターはおとなしく聞いたんだ……？」

「例の盗聴データを送りつけた。従わなかったら、ネットで拡散するぞ……ってな」

「それって脅迫！」

とっさに膝立ちしそうになったら、手で肩を押さえ込まれた。

「取引だ。あのデータは、相当ヤバい会話が入ってるからな。言葉のチョイスもまずいし、未成年のチャージャーとセックスしろ……って遠まわしに言ってるし。世に出たら世界中から叩かれること請け合いだ。もしでっちあげと言うなら、個人名出して声紋チェックを要求する、とも言っておいたし」

「ああ……」

保身に走るセンターの上層部や、管理している省の官僚は、さぞかし焦ったことだろう。

「ついでに、穂邑と引き替えにおまえの退職届を渡したからな」

「えっ」

慌ててコートのポケットを調べたが、確かに持ってきたはずの封書——退職届はなくなっていた。いつの間にすられてたのか、さっぱりわからなかった。

「受理するかどうかまではわからねえが、まぁこっちの気分の問題だ。おまえも、センターの人間に会ったら渡すつもりだったんだろ？」

「あー……うん、まぁね。でももし会ったら……って程度だよ。外へ出たついでに、どっかから送ろうと思ってたんだ」

まさかこんな形で渡すことになるとは思っていなかったし、さっきまでの騒ぎで忘れていたというのも事実だった。

「世良さーん、そろそろセンターに着いちゃうけど」

運転席からの声に、世良は鷹揚《おうよう》に頷いた。

「頃合い見計らって、離れていいぞ。ほかの車の動向見ながらな」

「りょーかーい」

それから五分もしないうちに、治己は取材を諦めた振りをして戦線を離脱した。もうセンターのすぐ近くまで来ていた。

世良は携帯電話を手に、ジャーナリスト仲間と連絡を取り合っていた。話の内容は今日の取材についてだったので、これは表向きの行動――いわばポーズだろう。同時進行では別の携帯電話でメールのやりとりをしていたから、つくづく器用な男だと感心してしまう。

世良は裏のやりとりのためのメールを、泉流に見せてくれた。

「あ……」

そこには「お届け完了」と書いてあった。どうやら穂邑は無事に、保護してもらえる場所へ着いたようだ。

ほっとして全身から力が抜けた。

「まだしばらくは隠れてなきゃいけねぇが、そう長くはねぇつもりだ。おまえも、そのうち堂々と外を出歩けるからな」

「う……うん」

具体的な期間は言ってもらえなかったが、それは誰にもわからないのだから仕方ない。だが待つのはつらくなかった。世良ならば――彼とその仲間ならば、きっと成し遂げるだろうと思えるからだ。

「そしたら、まずはデートだ」

「デート……」

言われて初めて気がついて、ちょっと笑ってしまった。泉流たちは恋人同士なのに、確かにデートなんて一度もしたことがない。それ以前に、いろいろと順番がおかしいのだが、そこは言わないでおいた。

「どこへ行きたい？」

「えー、急に言われてもなぁ」

「じゃ、まずはあれにするか？　寿司屋」

いきなりそれはどうかとも思ったが、行きたいのは確かなので、つい頷いてしまった。自分たちには案外そういうのがいいのかもしれないとも思った。

くすりと笑っていると、ようやくシートに引き上げられ、なぜかそのまま膝枕の形で寝かされた。

「着くまで寝てろ。今日はおまえにしては、早起きしたらしいからな」

「えー？　いいよ別に」

そうは言ったものの、髪を撫でられているうちに本当に眠気が襲ってきて、意識を保っているのもつらくなってくる。世良の手と声は、まるで魔力でも持っているようだ。

声がどんどん遠くなり、やがて泉流は眠りの淵《ふち》へと沈んでいった。

「穂邑さん……！」

最速で、とはいかなかったが、二日後に連れ出されて向かった先は、世良の家からもほど近い場所にある大きな総合病院だった。以前話に出た、こっそりと手を貸して治療をしているところらしい。

ここの院長室で、泉流は穂邑と再会したのだ。

穂邑はあからさまにほっとした顔をしていた。誰一人として知り合いがいないまま、ここで二夜を明かしたのだから無理もなかった。だがことのあらましは、院長代理の久慈原《くじはら》という人物から聞いているようだ。

四十を少し越えたくらいの彼は、この久慈原総合病院の院長の息子で、代理とはいえ実権はすでに握っている状態と聞いた。世良とは二十年以上の付き合いで、兄弟のようなものだという。父親同士が大学時代からの友人という縁なのだ。

「よかった……」

「君こそ無事でよかった。ずいぶん心配しましたよ」

安堵に微笑む穂邑は、最後に会ったときよりも少し痩《や》せたように見えた。だからこそ、不安になった。

自然に近づき、どちらからともなく両手を握りあっていた。冷静になると恥ずかしいことをしているが、いまはそんなことを思う余裕もなかった。

「大丈夫だった？　ひどいこと、されてないよな？」

「それはわたしのセリフですよ。その顔を見れば、杞憂《きゆう》だったとわかりますけど……」

そんなに能天気そうな顔をしているだろうかと思わず自分の顔に触れると、穂邑はくすりと笑った。相変わらず見惚れるほどきれいな男だ。

「俺がいなくなってから、どうだったの？　俺、誘拐されたことになってる？　それとも自分で出て行ったと思われてる？」

「落ち着け、泉流。まずは座れよ」

ぽんと肩を叩かれてようやく我に返った泉流は、慌てて手を引っ込めた。そうして促されるままソファに座った。院長室のデスクの前には応接セットが置いてあり、向かい合った長いソファのあいだにはセンターテーブルが置いてある。泉流たちの到着時間にあわせ、すでにコーヒーが用意されていた。

「まずは紹介だね。その可愛らしい子の名前を教えてくれないかな」

久慈原は穏やかにそう言い、視線を世良に送った。

「あー……仲越《なかごし》泉流だ。噂《うわさ》のチャージャーだな」

「君があの箱庭から攫われてきたお姫様というわけだね」

ここでも姫の単語が出るのかと、泉流は遠い目をしそうになった。もしかしたら世良を中心とするグループ内では、おかしな隠語が流行《はや》っているのかもしれない。

「ああ。で、この人は久慈原隆一《りゅういち》さん。俺たちの協力者だな。医師会との繋ぎ役も果たしてくれてる」

「初めまして」

ぺこりと頭を下げると、久慈原は相好《そうごう》を崩した。笑うと目尻《めじり》に皺《しわ》が出て、雰囲気がさらに優しげになった。

「会えて嬉しいよ。世良くんが、なかなか会わせてくれなくてね」

「俺、隠れてないといけないから」

「それだけじゃないと思うよ。単純に隠しておきたかったんじゃないかな」

ふふっと笑う久慈原に世良は苦い顔をしたが、否定も文句も言わなかった。図星をさされたからだろう。

「紹介が途中だろ。あー、もう自分でするからいい。俺は世良泰駕《たいが》だ。表の仕事は医療ジャーナリストで、無登録のヒーラーでもある」

「伺ってます。わたしは穂邑律と申します。あなたの足下にも及びませんが、ヒーラーです」

すでに穂邑は久慈原からいろいろな話を聞いているようだった。おそらく泉流が知っているようなことは、みな教えられたのだろう。世良は粘膜接触のことだけは誰にも言っていないそうだが、穂邑は気づいている可能性があった。

「それで、先ほどの質問ですが……君がいなくなってからも、表面上は変わりなかったですよ。君の不在は隠されています。精神的にショックなことがあって、しばらく休養するという説明がなされました」

「そうなんだ」

「君の失踪理由についてですが、センターの見解は、どちらの可能性もありとしているようです。わたしは一〇〇パーセント拉致だと言ったんですけどね。君が自ら出て行く理由は、ありませんでしたから。兆候も、繋がりもなかったし」

「えっと、穂邑さんはとばっちり受けなかった？　俺、ずっとそれが心配で……」

「心配するようなことはありませんでしたよ。疑われたというよりは、警戒されたという感じでしたし」

「警戒？」

「同じように姿を消すんじゃないかと警戒されたみたいです。君と一番親しかったのは、わたしですからね。センターとしては、焦りもあったんでしょう。なにしろ君が外へ出た方法すらわからないんですから」

絶対の自信は打ち砕かれ、二ヵ月たっても方法やルートがつかめず、当然ながら対策も取りきれない。再発するのではないかとの懸念も常にあり、上司たちはかなり動揺していたという。

「君を捕まえようとしたのも、外へ出た方法を知りたいという理由が大きかったようですよ。

見えない綻《ほころ》びを見つけないことには、不安なんでしょうね。それに拉致ならば犯人を特定しなくては今後に関わりますし」


「ああ……」

「ですが、センターは面子《メンツ》が大事でろくな捜査をしていません。目立つことが出来ないといったほうが正しいかな。正直、失望しました」

告げる表情に大きな変化はなかったが、不快感が滲みだしていることはわかった。この様子を見る限り、センターへの愛着は見られなかった。

「穂邑さん……」

「以前からセンターのやり方に、思うところはあったんですけど……わたしにとっては決定的な出来事になりました。君がいなくなった後のセンターの対応はひどいもので……人が一人いなくなったというのに、なにより最初にしたのはその事実を隠すことだったんです」

「えっと……うん、わりとそういう体質だよね、あそこ」

「わたしたちは道具なんだと痛感しましたよ。わかってはいたことですけど、到底納得は出来ませんでした。未成年の子が忽然《こつぜん》と姿を消したんですから、本当なら広く聞き取り調査でもして、早いうちにルートの検証もすべきだったんです」

だが実際には、監視カメラの映像を確かめたり、出入り口のすべてを「システムのテスト」の名目でチェックする程度だったという。内部に手引きをした者、あるいは情報を流した者がいるのではないかと疑心暗鬼になっていたところへ、チャージャーに関する記事が出て、ますますセンターは余裕をなくしたという。

「君が自主的にしろ強要されたにしろ、口を割ったんだと判断したようです」

「え、でもあれは……」

「どこかにチャージャーがいるそうですね。久慈原先生から伺いました。フリーのヒーラーがいるんですから、チャージャーがいてもおかしくはないですよね。センターはその可能性を認めたくないらしくて、例の記事を書いた人にしつこく食い下がったようでしたよ」

もちろん泉流の名前は出していないらしかった。センターはチャージャーは存在しないという姿勢を貫いているので、事実無根の記事だと抗議する形を取りつつ相手から情報を得ようとしたようだった。もちろん泉流とは無関係なので欲しい情報は手に入らず、本当にほかのチャージャーがいるのでは……という空気になりつつあるという。つまり混乱に拍車がかかったわけだ。

「省のトップからもせっつかれて、焦った結果が先日の出張治療です」

「あれって本気だったのか……?」

「殺す気はなかったと思いますが、かなり危険な目に遭わせて脅すつもりではあったでしょうね。わたし自身がここ数ヵ月のあいだ反抗的だったというのも理由ですし、君への脅しにもなる。簡単に殺してしまったら、君がセンターに不利になる行動をエスカレートさせるかもしれないと危惧《きぐ》したでしょうし」

「えー、俺って完全にセンターと対立しちゃった感じ？」

そんなつもりはまったくないのに、と呟くと、穂邑は少し困ったような顔をした後、咎《とが》めるように世良を見た。

「この男のせいなんですから、きっちりとフォローをさせるといいですよ」

「わかった」

具体的なことがわからないまま、とりあえず大きく頷くと、世良は人前にもかかわらず泉流の肩を抱いた。振り払うほどのことではないので放っておいた。

「近いうちに例の記事の第二弾が発表されるから、それで疑いは晴れるだろ」

「出んの？」

「らしいぜ。ちょっと繋ぎ取って、情報の交換をしたんだけどな。フリーのチャージャーは半年前から活動してるらしくて、ちゃんとその裏付けも取れてるそうだ」

「あ、意外と最近なんだ」

「しかも組織に入ってて、いままでは検証期間だったらしいな。で、効果があるって確信したんで、これからは有料で供給を受け付けるんだそうだ」

だから噂はまわっていなかったのだというが、金になるとわかったので、組織は力の供給を外部にも募ることにしたのだ。抱えているヒーラーはそう多くないだろうから、チャージャーの力を余らせるのは惜しいと考えたのだろう。

「なるほど」

「ま、どのみち退職届も出したことだし、気楽にかまえてろ」

「あー……それってさぁ、おとといのことに俺が関わったたって、センターに教えたようなものじゃん」

「いまさらだ」

「えー」

釈然としないものを抱きながらも、やってしまったことは仕方ないと引き下がることにした。まだしなければならない話は残っているので、余計なことで時間を取りたくはなかった。個人的に話したいこともいろいろとあるが、そちらは別の機会にしなければ。今日は穂邑の意思確認をする必要があった。

穂邑は泉流がまだ知らないことも含めて、様々なことを久慈から聞いているらしい。二日かけて教えられた上で、身の振り方を考えたという。

「一応、車内で退職届は出してきました。ヒーラーの登録はそのままですが……」

「受理されたのかな」

「するさ。そのために交換条件を出したんだからな」

「例の音声データ?」

「そうだ。センターはおまえを連れ出した方法を知りたがったが、それはチャージャーについての情報公開と交換って言っといた」

どうやらセンターは拒否したようだ。いずれ認めざるを得なくなるということだが、まだ先の話だろう。

黙って聞いていた穂邑は、ふうと小さく溜め息をついた。

「昨日、方法を聞いて肝が冷えましたよ。とんでもないことをしますね」

「だからこそやる価値があったんだよ」

「おかけでセンターの警備はずいぶんときつくなりました。わたしが言うまでもなく、よくご存じでしょう」

咎めるような口調と視線は世良へと向けられていた。世良がジャーナリストとしてセンターに出入りしていることはすでに知っているようだ。久慈原から聞いた話のなかにあったのだろう。

「そりゃ悪かったな」

「盗《ぬす》っ人猛々《たけだけ》しいとはこのことですね。本当に泉流にひどいことはしてないんでしょうね」

「してねぇよ。可愛すぎて、気持ちいいことしすぎる傾向はあるけどな」

「な……」

「余計なこと言うな馬鹿っ。ごめん、気にしないでいいよ、穂邑さん。こいつ、いつもこんなんだから」

慌てて世良の口を手で塞ぎ、引きつった笑顔を見せると、穂邑は少し驚いたような表情を浮かべた後、きれいに微笑んだ。

「変わりましたね」

「そ、そう？」

「なんだか生き生きとしてる。それに、きれいになりましたよ」

「き……きれい……ないない！　きれいなのは穂邑さんだよ……！」

泉流は勢いよくかぶりを振って力の限り否定した。穂邑のような、美しいと言ってもいいくらいの人間から言われるのは、ことさら落ち着かなかった。ただし生き生きとしているという点は、自覚もあったし大いに納得していたが。

「互いに美人度称《たた》えあってて微笑ましい光景なんだが、おまえらが恋人同士って、レズかなんかにしか見えねぇぞ。かえって想像できねぇよ。センターのお偉方は、ビジュアル重視なのか？　それとも、実はそういう趣味でもあんのか？」

横から問われ、泉流は小首を傾げた。そのあたりは穂邑にもよくわからないらしく、緩くかぶりを振った。

「あそこが実験場であったことは確かですね」

「実験、か。確かにな」

「疑問や不信感はあったのに、わたしは諦めてしまってました……」

悔恨を口にする穂邑だが、泉流にはその思いがよくわかった。センターに身を置いたものしか理解できないことだろう。

「あそこは……そういう雰囲気になってるよね」

「君にも、ひどいことを……命令で、あんな……」

「気にしてないよ」

なるべく軽くて明るい口調で、泉流はそう断言した。それは偽らざる本心だったが、穂邑は虚をつかれたような顔をした。

「でも……」

「暴力的になんかされたってならともかく、違うじゃん。だから気にしてないよ。それに、ちゃんと本当の恋人ができたし」

「それが、この男なんですね」

「うん」

泉流が少し照れながら頷くと、穂邑は世良に視線を向け、まるで検分するようにじろじろと眺めまわした。攻撃的ではないものの、けっして好意的なものでもなかった。

穂邑の目に世良がどう映っているのか、かなり興味が出てきた。たとえどういった判断がされようと、泉流の気持ちに変わりはないだろうけれども。

やがて小さな嘆息が聞こえた。

「心配です。この男は無駄に見た目がいいですし、いかにも遊んでいそうです。ほかに女や男がいたりしませんか？」

「え、あ……どうだろう。考えたこともなかったけど……」

確かにもてるはずだし、彼は毎日のように外出しているから、それだけ人と会ったり接したりという機会は多いだろう。だが少なくともこの数ヵ月間、泉流以外とセックスはしていないはずだ。あれだけ毎日泉流としていて、もしまだ余力があるなんて言われたら、かなり引く。

暢気《のんき》にそんなことを考えていたら、世良が声を尖らせた。

「ふざけんな。俺はこいつ一筋《ひとすじ》だっての」

昔はともかく、と世良は小さく続けたが、そこは聞かないことにしてやった。大人なのだから仕方ないだろう。

だが穂邑も黙ってはいなかった。彼は彼で泉流の身を案じてくれているのだ。

「わたしのときのように騙《だま》されたり錯覚だったり……あるいはストックホルムシンドロームということもあるんじゃないですか」

「ねぇよ」

「あ、それは大丈夫。俺もそう思ったことあるけど、違うよ」

それでも不安そうな穂邑を安心させたくて、泉流はつい、隠しておこうと決めたことを口にしていた。

「実は、ガキの頃の初恋の人なんだ。だから点が甘くなってることはあるかもしれないけど、好きな気持ちは本物だよ」

恋人だった人を前にしても、心は動かなかった。むしろ彼へと向ける気持ちと、世良への想いがまったく違うものであると確信した。

泉流としては、穂邑に話せたことですっきりして気分よく笑っていたのだが、隣の男はいきなり慌て始めた。

「は？　ちょっ……なんだそれ。マジか？　いつ？　どこ……で……」

世良は急に黙り込むと、穴が開くかというほど泉流の顔を凝視した。入室するときに帽子やマフラー、そしてメガネは取っているが、塗られたリップはそのままだったから、泉流の顔はいつもとは少し違って見えるだろう。

やがて世良ははっと息を飲んだ。

「まさか……いたずらされそうになってた美少女がおまえかっ！」

「えっ」

美少女などという破壊力のある単語に絶句した。

「そうだ、この顔じゃねぇか。思い出した」

両手で顔を挟み込むようにして固定しつつ視線を合わせ、さらにしばらく見つめた後で、世良はぽつりと呟いた。

「あれはよく覚えてる……けど、なんの疑いもなく女の子だと思ってたぜ。将来すごい美人になるだろうなって思ったんだよ」

「えーっ」

「そろそろいいかな。続きは帰ってから二人でやってくれるかい？」

長くなりそうだと判断したらしい久慈原が口を挟み、逸《そ》れた流れを元に戻してくれた。泉流は急に恥ずかしくなって顔を赤らめたが、世良は相変わらず堂々としたものだった。少しは恥じらいというものを身につけて欲しいものだ。

「す、すみません」

「悪い。本題に戻ってくれ」

「ということだから、君のこれからについて、彼らに教えてあげなさい」

久慈原に促され、やや呆れつつも納得したらしい穂邑は、泉流を見てかすかに微笑んでいた。やはり彼は恋人ではなく、兄という立場にいて欲しい人だった。

「はい。わたしはこちらでお世話になりたいと思っています。センターへは戻れませんし、戻る気もありません」

「もしかして、世良さんがやってることを穂邑さんも？」

「はい。微力ながらお手伝いしたいと思っています。わたしは回復に十週間ほどかかるので、あまりお役には立てませんが……」

暗に泉流から供給してもらう気はないと穂邑は言った。皮膚接触でのチャージすら求める気はないようだった。

世良に突《つつ》かれて、泉流は本題の一つを思い出す。この話の流れならばちょうどいいだろう。

「あのさ、訊きたいことがあったんだ。穂邑さん、前より力が強くなったとか、ない？　あと、その……粘膜接触のときの話なんだけど……指のときと違ってなかった？」

おずおずと尋ねると、わずかな間を置いてから穂邑は頷いた。

「違いましたね。でも、わたしにはもう関係ないことですから、忘れることにします。レベルに関しては、少し上がったように思います。センターが気づかない程度ですけど」

やはり彼は、粘膜による供給について理解した上で口をつぐんでいたのだ。そして粘膜接触での供給は世良に限らず有効であるらしい。

「どうして言わなかったんだ？」

世良の問いかけに、穂邑は表情一つ変えなかった。

「あなただったら、言えましたか？　泉流のことは、弟のように思ってきたんです。それに言えば彼一人の問題じゃなくなる」

「言えねぇよな。つーか、俺だったら黙って独り占めするわ。実際してるし」

「ああ、納得です。そういう男なんでしょうね。一つだけ確認したいんですけど……あなた、力欲しさに泉流を恋人にしたわけではないですよね？」

剣呑《けんのん》な気配を滲ませる穂邑に、泉流は少なからず怯んだ。作りもののような美貌で凄《すご》まれると、かなり怖いのだと思い知らされる。どうして世良は笑って受け止めていられるのだろうと、その神経の頑丈さに呆れてしまう。

「力が欲しいだけだったら恋人にすることもねぇだろ。それに一晩に三回も四回もやる必要もねぇよ」

「だからそういうこと言うなっ！」

ぎゃーぎゃーと騒ぐ口を今度は世良の手に塞がれ、ついでとばかりに身体ごと抱き込まれた。もがく泉流を見て、穂邑は微笑ましいものでも見るような顔をしていた。ほんの少し呆れたようにも思えるのは気のせいだろう。

「安心しろ、ベタ惚れだ」

「そのようですね。泉流も……楽しそうです。それが本来の君なんですね」

「あんただって、さっきから素が出てるように見えるぞ。こいつに聞いてたのと、少し違うじゃねぇか」

「ああ、つい。センターのプレッシャーがなくなったからですかね」

にっこりと笑う穂邑は相変わらずきれいだが、作りもののような印象は薄くなっている。

表情一つ取ってみても硬さがないようだ。

「ま、しばらくはこそこそ隠れて暮らさなきゃならねぇが、もう少し待ってろ。久慈原さんから計画は聞いたんだろ？」

「ええ」

「け、計画ってどのくらい進んでんの？」

口だけ離してもらった泉流は、世良の腕のなかから顔だけを上げた。

「どのくらいと言われてもな。おとといの騒動で、メディアの暴走が問題視されてるだろ。あれがそろそろ、センターの隠蔽《いんぺい》体質のせいもあるって感じになりつつある。人権団体がいくつか動くことになってるし、医師会からもヒーラーに医者と同等の扱いをするようにって声が上がる」

世良がちらりと久慈原を見ると、彼は大きく頷いた。どうやら久慈原が医師会を動かすことを担当しているようだ。

「基本的にフリーにしちまえばいいんだよ。その上で、国のヒーラーになりたきゃなればいいし、個人で儲けたいっていうなら、それでもいい。その分税金を納めさせりゃいいんだ。どうせヒーラーは国外に出ていけねぇ。行ったら価値がなくなるからな、貴重な戦力が減ることはあっても流出することはない。本当は囲い込む正当な理由なんかねぇんだよ」

そうなんだろうなと、泉流は頷いた。ヒーラーという特殊な能力のせいで、職業として考えたことがなかったのだ。多くの者たちがそうだろう。

「そもそも閉じ込めておく正当な理由もねぇしな。誘拐されるとか、過激な否定派に命狙われるとか、危機感煽《あお》って囲い込んでるだけで」

「実際されたけど……」

「おまえはチャージャーだろ」

「え、それって俺はやっぱり危ないってことか？」

将来的にも大手を振って外を出歩くことは出来ないのだろうか。悲観しかけた泉流だったが、世良の表情を見てそうじゃないと気がついた。世良は気負いのない態度で、動揺しかけた泉流を見ていた。

「粘膜での供給がバレたら、かなりヤバいかもな。まあ、確率は低いだろ。チャージャーとヒーラーがキスしたりセックスしたりする関係になるとか、アクシデントでキスするとか、口のなかに指を突っ込むとか……そういうことでもない限りはな」

「その上、気づくのはヒーラーだけですからね。事実を隠す可能性のほうが高いですよ」

チャージャーへの好意があれば口をつぐむはずだし、ヒーラーとしてのメリットを考えた場合も独占するために黙っているだろう。

なるほどと小さく頷いていると、頭にぽんと手を乗せられた。

世良にそのつもりはないのだろうが、まるで子供扱いをされているようで少しおもしろくなかった。

それを微笑ましげに見ていた穂邑は、ふと真顔になって世良を見つめた。

「センターはチャージャーの存在を認めるでしょうか」

「どうかな。ただ抱え込んでたヒーラーが外へ出るようになったら、どのみちもう隠しておけねぇし、認めるかもな。とにかくセンターはこれからいろいろと対策に追われることになるから、こいつの追跡どころじゃないだろ。注目されすぎて、へたに動けないしな」

「そうですね。わたしも当分はおとなしくしてます」

「穂邑さんはこの病院に隠れんの？　それとも別の場所？」

この病院は大きく、広い敷地に病棟が三つ連なっているし、従業員の寮や付き添いの家族のための宿泊施設まである。医師や看護師以外にも従業員は大勢いるので、紛れ込むのも難しくなさそうだった。

「病棟内になるみたいですね」

「この病院には、いくつか仕掛けがあってね。人目に付かないように生活するには充分だと思うよ。わたしが信用している医師や看護師にも、穂邑くんのフォローをしてもらうつもりだしね」

だから心配はいらないと久慈原は微笑んだ。穏やかそうで真面目そうで、どこかほっとする笑顔に釣られて、泉流も微笑む。父親をよく覚えていない泉流が、幼い頃に思い描いていた父親像はこんな感じの人だったのだ。

隣に座る穂邑もきれいに笑みを浮かべた。

「もっと医学を学ぼうと思ってるんです。センターでも教えられていたので、その続きですね。あとは久慈原先生たちの活動を、お手伝いさせていただこうかと。表へ出ることはできませんが、やれることはありそうですので」

「そっか。俺もなにか手伝わせてもらおうかな。あとは治療の協力……かなぁ。っていっても、俺の協力はちょっと、アレなんだけど……」

泉流がすることなんて、ただ抱かれることだけだ。しかも気持ちよくしてもらうばかりなので、協力というのもおこがましい気がして、つい言葉尻が小さくなる。

だが誰もなにも言わなかった。

「わたしも手探り状態ですから、焦ることはないですよ」

「またすぐ会えるよね」

「ええ。心の狭い君の恋人が、連れてきてくれるなら……ですが」

にっこりと笑う穂邑を前に、泉流はなにを言ったらいいのかわからずおろおろした。頭上から聞こえたのは、小さな舌打ちだった。

あんなささやかな皮肉――挑発などというたいそうなものではなかった――に、世良が煽られるなんて思ってもみなかった。

穂邑だってそんなつもりじゃなかったはずだ。きっと彼は、世良に寛容な恋人であることを期待して、あんなことを言ったに違いないのだ。

なのにいま、泉流はまったく逆のことをされていた。

「っぁ、ん……や、あ……っ」

甘ったるいよがり声に、湿った音が重なった。裸に剝かれ、うつぶせの状態で腰だけ高く上げさせられて、恥ずかしいところがあらわになっている。

舌が最奥に触れるたび、溶けそうな快感に声まで震えた。

数え切れないほどされている行為なのに、いまだに恥ずかしくてたまらない。だがそれ以上に気持ちよさが勝っているから、本気でやめて欲しいとは思えないのだ。

院長室で今後について話し合ったあと、あの部屋で昼食を取り、再会の約束をして穂邑たちと別れた。まっすぐに戻ってきたかと思ったら、世良は部屋に入るなり泉流を裸に剝いてしまい、現在に至っている。制止の言葉は無視され、ろくな会話もさせてもらえないまま喘《あえ》がされるはめになったのだ。話したいことや聞きたいことはあったのに、もうそれどころではなくなってしまった。

指で入り口を広げられて、尖らせた舌が入り込んでくる。そうしていやらしく蠢《うごめ》いては泉流をぐずぐずに溶かしていった。身体中の力が抜けてしまって、支えられていなければ崩れ落ちてしまいそうだった。

「ふっ、ぁ……っん、ぅ……んっ」

内側から身体を舐められるという行為は強烈で、なにもかもを暴かれたような、奪われたような気分になってしまう。だが相手が好きな男なら、それはたまらなく心地いいことでもあった。

身体は深いところから熱くなり、舌で愛撫《あいぶ》されている場所は疼《うず》いて仕方なくなっている。ぴちゃりと舌が鳴るたび、鼻にかかった声が勝手にこぼれた。

長い指が舌とは別に入り込んできて、入り口をなぞるようにぐるりとかきまわす。舌よりも深く犯され、蠢くように動かされたり出し入れされたりすると、さらに息が乱れてすすり泣くような声がこぼれた。

「おまえの反応は、いちいちたまんねぇな」

「やっ……ひ、あぁ……っ！」

内側の弱いところをいじられて、おかしいくらいに腰が跳ねた。悲鳴じみた声を抑えることなど出来なかったし、そもそも自分の反応など気にしていられる余裕もなかった。与えられる刺激が強すぎて、気持ちがいいんだか苦しいんだかもわからない。

泣きながらのたうっているというのに、世良は少しも手加減しようとしなかった。それどころか愛《いと》おしげに、そして楽しげに泉流を追い詰めていく。

快楽に弱い身体がその責めに耐えきれるはずもなかった。

「ああっ……」

泉流はあっけなく達し、大きく背中をしならせたあと、崩れるようにしてベッドに倒れ込んだ。

絶頂の余韻にびくびくと震える身体から、ゆっくりと指が引き抜かれていく。それだけで感じてしまい、小さく声を上げた。

「いやらしくて、可愛いな」

満足そうに言って、世良は泉流の腰にキスを落とす。それだけでびくんと跳ねてしまうほど、全身が過敏になっていた。

「んっ……なに、それ……褒めてんだか、貶《けな》してんだか……わかんな……ぁ、あっ……」

高ぶったものが押し当てられ、ゆっくりと入ってくる。さんざん舌と指とで愛撫されたせいで、痛みはほとんどない。毎日のように抱かれて身体がいろいろなことを覚えたというのもあるのだろう。

怖《お》じ気《け》づくほどの質量が自分のなかに収まってしまうなんて、いまでも少し信じられない。

だが確実にそれは馴染《なじ》み、泉流を泣くほどよがらせることも知っていた。

深く身体を繋げたまま、世良は背中やうなじにキスをし、ここへ来てようやく胸をいじった。彼はずっと泉流の最奥だけを執拗に愛撫していたのだ。

「んぅ……っ」

きゅっと乳首を摘まれて、後ろで世良のものを締め付けてしまう。ただでさえ大きなものが、さらに泉流のなかで育ったのを感じる。

「いい身体になったよな」

「やっ、あ……もう……」

「ん?」

「早く……動け、ってば……っ」

焦《じ》らされるのは好きじゃない。さんざん性感を高め、欲しくてたまらない状態にしておいて、この男はときどきこんな意地悪をする。文句を言えば、「可愛いから」などという理解不能な答えが返ってくるのだ。

「どうして欲しいって?」

見なくたって世良がどんな顔をしているのか想像がついた。きっとこの上もなく甘く、そして楽しそうな顔をしているに違いない。

恥ずかしさよりもプライドなんかよりも、もどかしさや苦しいほどの疼きのほうが問題だった。泉流はぎゅっと目をつぶり、なかばやけになって言った。

「っ……だから……つ……突いてっ。世良さんが、欲し……あぁっ」

言い終わるか終わらないかのうちに、泉流は甘い悲鳴を放つことになった。望んだ通りに突き上げられ、なかをぐちゃぐちゃにかきまわされ、指の先までが快感に支配される。

いやらしい水音と、身体がぶつかる音が、泉流の嬌声《きょうせい》にまじって聞こえた。

つかまれた腰を激しく揺さぶられ、泉流はのけぞりながらシーツをきつく握りしめた。

「あっ、ぁん……気持ち、いい……っ」

「俺もだ」

掠れた声がひどく艶っぽい。世良も泉流で感じているのだと思うと、胸の奥がきゅんとして、たまらなく幸せな気持ちになる。

世良にならば、どれだけ奪われてもかまわなかった。

バックでひとしきり穿《うが》たれたあと、一度抜かれて身体を返され、ふたたび深々と貫かれた。

泉流が一番好きな体位だ。世良の顔が見えて――といっても泉流は目を閉じてしまうことが多いが――、手を伸ばせば彼にしがみつけるしキスもできるからだ。それに下から見る世良は、たまらなくセクシーなのだ。

「好き、だよ」

ふわりと笑って、泉流は呟いた。自然とこぼれ落ちた言葉だった。

「おま……煽んな馬鹿、知らねぇぞ……くそ、可愛いんだよっ」

「あっ、あぁ！　待……っ」

激しくなる律動に悲鳴を上げ、泉流は縋《すが》るように世良の腕をつかんだ。だがその手が肩までたどり着く前に深く身体を折られ、角度をつけて突き上げられた。

指でもいじられた弱い場所を何度も責められた。強すぎる刺激はもはや気持ちがいいのか苦しいのかがわからないほどで、泉流は泣きながら腰を捩《よじ》りたてた。無意識に逃げだそうとした身体は、強い力で押さえつけられてどうにもならなかった。

「いやぁ……っ、あっ……や、ぁんっ」

剝き出しの神経に電流を当てられたような感覚が、立て続けに何度も襲ってきた。絶頂が波のように繰り返し押し寄せ、なにがなんだかわからなくなってしまう。

世良に抱かれるようになって、否応《いやおう》なしに経験させられてきたことだった。

「も、やぁ……っ」

「好きだろ？　空イキ」

世良には多少Sっ気があるようだが、見極めはうまいらしい。泉流が本気で限界を迎える少し手前で、いつもすっと引いていくのだ。

そうして宥めるためのキスを唇に落とす。

涙で濡《ぬ》れた目に映ったのは、言葉よりも雄弁な世良の表情だった。それは見てしまった泉流のほうが照れてしまうほど甘かった。

世良は泉流を抱き起こし、膝にまたがらせる形で深く唇を結び、つかんだ細い腰を上下に揺すった。

泉流はもうぐずぐずに溶かされ、世良を感じることしかできなくなっている。

抱きしめられたまま、ふたたびベッドに戻され、また深く突き上げられた。世良も限界が近いし、泉流もまた達する寸前まで追い詰められていた。

「く……っ」

「ああっぁん！」

身体の奥深くで世良が弾《はじ》けるのを感じ、泉流もまた精を放った。いつの間にか世良の背中にまわっていた手がぱたりとシーツに落ちた。

たまらなく気持ちがいい。愛撫されて貫かれている最中も泣くほど気持ちがよかったが、こうして余韻に浸っているときもたまらなくいいのだ。心地がいいといったほうが正しいかもしれない。

意識は真っ白な甘い波のなかで漂っているが、身体のほうはびくびくと痙攣《けいれん》し続けていて、少し触られただけでも鼻にかかった声が出てしまう。

泉流はぐったりとして、しばらく動けずにいた。

そのあいだ世良は大きな手で泉流の髪を撫でたり、額やまぶたに軽くキスをしたりしていた。壊れものを扱うようなしぐさだった。

どのくらいそうしていたものか。呼吸が整って、余韻がかなり引いてから、泉流はゆっくりと目を開いた。

端整な男らしい美貌がそこにあった。

「……ずるい……」

「なにが？」

わかっているくせに、世良は空とぼけている。多くを語らなくても、察しのいいこの男には泉流の言いたいことなどわかっているはずなのだ。

「なん……だよ、もう……」

絶頂の余韻はまだ色濃く残っていたし、繋がったままの身体はわずかな刺激も快感に変えてしまうが、呼吸は整ってきたのだから、いまのうちに言いたいことは言わなくては。どうせ一度では終わらないのだから。

「いろいろ話したいことあったのに……」

「いまからすりゃいいだろ」

「この体勢でっ？」

泉流は全裸でM字に脚を開いて寝転がり、世良はシャツをはだけてはいるがジーンズは穿いたまま泉流を刺し貫いている。どう考えても話をする格好ではないだろう。

「どっちでもいいぞ。俺の気がすんでからにするか、このままか」

「一回抜くっていう選択肢はないのかよ……っ」

「ねぇな」

相変わらず羞恥心《しゅうち》の欠片《かけら》も感じさせない言いっぷりに呆れつつ、泉流は無駄な抵抗を諦めた。もとより食い下がるほど深刻な問題ではなかった。むしろこんなことで言い争っているほうが馬鹿馬鹿しいし恥ずかしい。

いまだ熱を帯びた溜め息をつき、世良の背中に腕をまわした。

「穂邑さんのこと、実はちょっと気にしただろ」

「したな」

「お互いに恋愛感情じゃなかったって、言っただろ？　見てわかんなかった？」

責めるような口調になったのは仕方ない。この部屋に入ってからの嵐のようなひとときを思えば、泉流が機嫌を損ねたとしても世良に文句を言われる筋合いはないはずだ。怒っているわけではないが、文句の一つや二つは言っておきたい事態だった。

軽く睨み付けていると、世良からふう、と嘆息が聞こえた。

「わかったけどな」

「じゃあなんでだよ。なんで俺、いきなり食われてんの？　待って、って言ったし、話してからとも言ったよな？」

「言ってたな。まぁ、あれだ。ちょっとしたヤキモチってやつだ。そういうのは気にしねぇって思ってたんだが、実際におまえの初めての相手って男に会ったら、意外とモヤモヤしちまったわ」

苦笑まじりの説明を聞いたら、だったらしょうがないかという気分になってしまった。我ながら甘くていけない。

泉流はやれやれと溜め息をついてから笑った。

「確かに穂邑さんとは、微妙だけど恋人だったよ。けどさ、初めて好きになったのは、あんたなんだよ?」

「……そうだってな」

自覚があるのかないのか、世良の表情が少し甘くなる。そんなことが嬉しいなんて、なんだか可愛いなと思った。

「俺はここに来て最初にあんたの顔見たときにわかったのに、全然思い出してくんないんだもんなぁ……」

「だから女の子だと思ってたんだって」

「それはそれでムカつく。俺なんか、あんたが初恋の人だから、いろいろ許しちゃった部分もあるのにさ」

「ああ……」

「あんたには誘拐されたり襲われたり……いろいろされたけど、結局憎んだり恨んだりできなかったんだ。昔のこと思い出すと、悪い人だってどうしても思えなくてさ、なんか……まぁそんな感じ」

「そうか」

世良があまりに嬉しそうに聞いているから、だんだん気恥ずかしくなってきた。それでもこれだけは言っておかねばと、自らを奮い立たせてみたが、結局は直視出来なかった。

「いまはもう、こういうあんたのことも好きだけどね」

赤くなって告白すると、ますます世良は嬉しそうに表情を崩し、泉流を抱きしめた。

「俺もな、おまえのなにもかもが可愛くて仕方ねぇんだよ」

「それはどうかなー……」

世良の口から語られる数々の褒め言葉や愛の囁きは、いつも泉流をどうしようもなく恥ずかしい気持ちにさせてくれた。

恥ずかしくて、そして嬉しかった。

「そもそもな、センターの庭でおまえを見たとき、まずいなって思ったんだよ」

「まずい……?」

「なんつーか、ああ俺こいつに惚れるわ、って予感があったというか、むしろ確信したというか。一目惚れとは違うんだけどな」

「そ……そうなんだ……」

泉流のほうは一目惚れだったのだが、それは昔の話だ。当時の恋に影響されたというのはあるだろうが、それだけじゃない。強引で露悪的で恥知らずでいやらしくて。でも優しくて甘いこの男のことが泉流は好きなのだ。

そう思いながら、まわした腕でぎゅっと世良を抱き返した。

「どうしよ……」

「うん？」

「なんか、もう……なんて言ったらいいか、わかんないや……」

だから言葉ではない方法で、想いを伝えようと思った。

世良を引き寄せると同時に自らも顔を寄せ、唇をあわせてキスをした。

濡れたかすかな水音に喘ぎ声がまじり、やがて甘い悲鳴へと変わっていくのに、そう時間はかからなかった。

あとがき

初めまして、あるいはこんにちは。

今回は、ちょっと特殊な能力を有した人たちのお話となっております。そして、わたしがよくやる架空ニッポン。

とはいえ、設定その他がわたしのなかで二転三転しまして、結局は最初に考えていたものとは方向性が違うものになりました。もっと殺伐としていてハードな状況で、主要人物たちの関係性も複雑だったんですけども。

拉致監禁のはずなのに、悲愴感ゼロってどういうことだ。

主人公・泉流はあまり繊細なタイプではないようです。書いていくうちになぜかそうなってしまいました。おかしいな……。世良は予定通りでしたけど。

溺愛攻ですね。やってることは、いろいろとどうなんだ……という感じなんですけど、結局は甘いし溺愛です。とにかく泉流が可愛いらしい。なんだか「可愛い」が口癖になったんじゃないかというくらい言ってます（笑）。

まぁそんな感じのカップルです。いつか大手を振って泉流が外を闊歩できる日が来るんじゃないかと思います。

ところで話は変わりますが、正月明けにインフルエンザにかかりまして……。夜中に悪寒で目が覚めるという経験をいたしました。その瞬間「ヤバイ、熱が出る」と確信した通り、朝には高熱。すぐに病院に行ったらA型に罹患しておりました。

で、噂のお薬Tをもらって飲みまして。いや、熱はすぐに下がったので効いたんだとは思いますが、副作用が出ちゃって……。

不眠に苦しめられました。もらった注意書きには、特にそういうことは書いてなかったんですが、知人にも不眠症になった人がいましたし、調べたらどうやらそういう副作用が出る場合もあるらしいです。正直熱より不眠のほうがつらかった……。もともと睡眠不足には大変弱いので。

わたしの場合は眠れない状態が続いているのに、まったく眠気がなかったので、ちょっと怖かったですね。脳が興奮状態だったたってことなのかなぁ？　だからって眠らなくても身体は大丈夫かというとそうでもなく、どんどん思考力が低下していくわ、ふらふらするわ気持ちが悪くなるわ……。

あとTを飲んでいるあいだ、ずっと頭痛があったんですけど、これはインフルエンザのせいかもしれないし不眠のせいかもしれません。ただ飲み終わったら治ったのも確か。

つらかったので途中でやめようかとも思ったんですけど、飲み始めたのに途中でやめると、Tに耐性のあるインフルエンザ菌を作り出してしまう……と言われたので、我慢して最後まで飲みましたよ。

とりあえず今度もしインフルエンザになってTを処方されそうになったら、拒否したいと思います。いや、その前に来シーズンからは予防接種をしようと思います。

そんなわけで外出時はマスク必須です。いや、前からちゃんとマスクとうがいと手洗いはしていたんですけども……どこで拾ってきてしまったんだろう。初詣の帰りに、露店で買い食いしたのがいかんかったのかしら。あれも衛生的にどうかと思うんですが、ついノリで買ってしまうんですよね。売り子のお嬢さんったら、お金の受け渡しをした手で、なにごともなかったかのように食べものに触ってたけど。うん、来年から露店のものは食べないことにしようかと思います。

話は戻りますが、この世界観でもう少し書きたいなと思いますので、次回も読んでいただけたら嬉しいです。

夏珂さま、素敵なイラストをどうもありがとうございました。キャラフ、カラーラフ、本文ラフと、届くたびにニヤニヤしておりました。本ができあがるのが楽しみです。

最後に、ここまで読んでくださった方、どうもありがとうございました。次回もまたお会いできますように。

きたざわ尋子

✦初出　はじまりの熱を憶えてる……………書き下ろし

きたざわ尋子先生、夏珂先生へのお便り、本作品に関するご意見、ご感想などは
〒151-0051 東京都渋谷区千駄ヶ谷 4-9-7
幻冬舎コミックス　ルチル文庫「はじまりの熱を憶えてる」係まで。

幻冬舎ルチル文庫

はじまりの熱を憶えてる

2013年2月20日　　第1刷発行

✦著者	きたざわ尋子　きたざわ じんこ
✦発行人	伊藤嘉彦
✦発行元	株式会社 幻冬舎コミックス 〒151-0051 東京都渋谷区千駄ヶ谷 4-9-7 電話 03(5411)6432[編集]
✦発売元	株式会社 幻冬舎 〒151-0051 東京都渋谷区千駄ヶ谷 4-9-7 電話 03(5411)6222[営業] 振替 00120-8-767643
✦印刷・製本所	中央精版印刷株式会社

✦検印廃止

ISBN978-4-344-82760-8　C0193　Printed in Japan